赵赵 著

北京长江新世纪文化传媒有限公司
www.cjxinshiji.com
出品

目　录
CONTENTS

Chapter 01
闲人闲景儿

- 003　冲绳流水
- 013　一切从三里屯开始
- 017　住院的碎片
- 022　蓝花楹
- 026　帕萨迪纳的一些小确幸
- 032　旧振南凤梨酥
- 037　不是我养它，更像它陪我
- 040　婆　婆
- 050　附：清明节
- 054　北京女的
- 058　京都的红叶狩
- 064　从春田到圣路易斯

072	去西安玩
080	接接洛杉矶的地气
085	父　亲
094	恶　意
098	老　三
104	一个早年间的梦
107	生命中的花
110	巴德岗
112	如泥人
116	月华如水
119	厦　门
121	槐树花
124	旧
126	雨　后

Chapter 02
看闲篇儿

- *133* 读书令人伤感
- *135* 为爱而声
- *139* 试问谁心里还没个打火机了呢?
- *143* 《至味西关》
- *149* 金缮·痛苦与荣耀
- *153* 《北京纪事北京纪游》
- *156* 《请勿离开车祸现场》
- *159* 《游侠小木客》
- *161* 《桃花井》
- *173* 不时不食超会吃
- *177* 《斯通纳》：一个正直的人这样过了一生
- *183* 看闲书之白关

186	《受命》
189	有一个姑娘
194	老人们
199	《我们始终没有牵手旅行》
201	《日日之器》
205	《河童杂记本》
206	《姐妹》
208	把爱了结成永恒
211	《最好的时光：侯孝贤电影记录》
213	话剧《安魂曲》
216	《汪曾祺说戏》
220	《我与悲鸿—蒋碧微回忆录》

222	《迟疑·电视·自画像》
224	《东京昆虫物语》
226	《甘露》
228	《门萨的娼妓》
230	《癫狂的艺术:中国精神病人艺术报告》
235	一种内心世界
239	《意大利童话》
241	《天方夜谭》
242	刘思伽的《闲着》
246	《银元时代生活史》
251	雄鸡缄默不言,太阳照常升起

Chapter 01

闲人闲景儿

冲绳流水

从冲绳回来,去父母家尽个孝——就是一家人齐齐整整吃个饭,从头到尾三个小时差不多。

回得早,我妈一人儿在屋里忙活。问我爸呢,说可能在锅炉厂那边儿看人打牌。天还不冷,我溜达去看看。有些中学同学曾住那附近,现在都搬走了,或把房子租出去。曾经我每次见到都要规矩叫人的长辈,也多不在了。

我爸还挺显眼,因为戴个红帽子。马扎扔在一边,看来是去晚了,没打上,站边儿上看别人坐着打。我没吭声,用手机拍个照片,回家给我妈看,她"咯咯"笑。

这趟和 Lens 杂志社去冲绳，是探访长寿老人。最年轻的一对夫妇八十岁，有三千平方米的地，每天种菜、松土、下种、收获，假期里还接待日本各地高中生来体验农村生活。我妈也种地，占了楼边儿一块儿公共绿地，但居委会觉得她种得好看，并没制止。前年有人嗨大了从五楼跳下，砸坏了篱笆，区电视台拍的新闻里，我妈的身影在围观群众里钻来钻去，听我哥说是追着问谁负责给修。后来还真给修了，但不知道哪个单位修的。我妈这人爱着急，每年一到收获季，都要为被人偷了各类果实气得脸蛋通红。

我爸也八十，寒性体质，懒得动，不愿意跟着种地，就爱玩牌下棋。然而以八十高龄坚持站路边看别人玩儿，也还行吧。

十月底的冲绳，比我想象的热。我高估了自己的耐热度，天天一身臭汗。这是我去过日本最像中国的地方，如果没有 Lens 杂志，我可能也没什么机会去日本的农村。感恩。

下飞机头件事，去吃当地著名的荞麦面。我喜欢出门前做攻略，所以当人问冲绳荞麦面的特点时，就抢答说冲绳荞麦面的特点就是不是荞麦做的。有些无聊话，因为语感好玩，就老爱说。这里有些饮食上的不同，吃面配的不是小菜，而是米饭或者炒饭，太横了，我点的套餐还配了一小碗饺子。后来看韩剧《请回答1988》，还用方便面泡米饭。

当天入住冲绳"第一酒店"，只有五间客房。我选了西式，因为和式床硬。从很多国家回到中国，都没觉得自己家床舒服，只有日本。我住单人间，进门需要换鞋，进洗手间要换另一双。就是在繁缛的程序里，日本人顽强地执拗和不苟吧。

进房间是下午，光透过白色的纱帘，损了锐度，照在床尾的地上。旧冰箱里有瓶自制的冷饮，装在家常的胖玻璃瓶里。空调"嗡嗡"地制冷，一瞬间觉得像在家。

黄昏时探访空手道"上地流武馆"，在临街

的小二楼上，大门口停了辆干干净净的黑色老式汽车。武馆里挂着很多照片，打眼的一张扎髻团面的是流派的创始人——清朝福建人。现在的师傅仲程力也八十多了，看上去六十开外，矮小结实，因为臂力发达，外号"大力水手"。一开始我以为他是带徒弟需要多交流，才非常健谈。临走他掏出另一张名片，才知道老先生晚上教拳，白天开出租车。当然出租车司机也不一定健谈。

第二天早晨，吃传说中一共五十道的药膳早餐，是"第一酒店"的老板——岛袋芳子自创的。五点，老太太已经在包着头巾浇院子。九十岁，穿全白的熨帖洋装，戴茶色眼镜，妆发精致，是对自己有要求的人。

五十道药膳听着夸张，其实每个精心搭配的器皿上大概只有一块豆腐或两根菜，五十来口也就吃完了。刚开始的聊天很套路：之所以做药膳，受妈妈很大影响，因为妈妈就喜欢研究这些啊。这家店是1950年开的，来过很多赫赫有名的大人物，比如大江健三郎，大堂里有他的签名和发黄的剪报。展柜里冲绳当地的手工艺品，和街上商店里的旅游品有不一样的气质，有审美。当中有金城三郎的陶器，我给我丈夫发去照片，果然他非让我去买，但那时我们已离开，他气疯了，手机屏幕上蹦出一些可笑的字和动图：回去！停车！

后来老太太渐渐聊开了，但直播到了结束时间。所以她说到开这个酒店是因为丈夫抛弃了她和女儿。我想：啊，果然如此啊。戛然而止。

下午的海边，淡淡的腥气，很晒。我每年都会在很热的一天中个暑，再平安度过整个夏天。只是没想到会在十月份又中一次暑。

一位八十来岁仍每天出海捕鱼的老人，很拘谨。看轮廓，年轻时是个帅哥。平淡地聊到最后，说："最遗憾的就是没什么姑娘嫁来渔村了。"

不是所有出海的老人都如《老人与海》。他并不是独自出海，是和几个人组成小团队，且不在海上过夜，撒网捕的也不是大鱼。但和《老人与海》相同的是，上岸后他也喜欢去喝一杯，但是遗憾啊，他又说了一遍："没有什么姑娘了。"

第二天一早，北京时间五点就起床了，因为要去山里探访这次行程中最年长的一位，一百岁。他有四座山，种不同的果树，我们正赶上香檬收获。绿色的，像青柠檬，但很甜。这里老人都喜欢说之所以长寿，就因为吃香檬、喝香檬汁，所以我也给爸妈买了。但目前为止，仍摆在桌上，舍不得喝。老年人总以为孩子拿回来的东西是救命用的灵丹妙药。

Lens杂志这次派出的采访小分队都是年轻人，当然现在一线工作的都是年轻人……每回跟着他们叫"爷爷奶奶"，我就微感退缩。八十来岁，我应该叫"叔叔阿姨"。只有这位百岁老人，可以坦然称作"爷爷"。

"爷爷爷爷，一年里最喜欢什么季节啊？萌芽的季节还是等待的季节，还是收获的季节？"爷爷说，他喜欢收获的季节。

人老了以后，眼珠浑浊，眉眼清淡，一百岁的爷爷也没能逃过时间的化装。但这个年纪，他居然还能在睡不着的夜里起来喝烧酒。冲绳人重视九十七岁的生日,要大过,把年龄从这一年归零,之后的岁数,都是重新开始,所以种香橼的爷爷,三岁了。

大城美佐子,八十岁,是岛歌最后一代传人,她有一家在地下的小酒馆。每天晚上九点过后,酒馆里渐渐会集一群老头儿。

老太太抽烟,光脚穿木屐,涂鲜红的指甲油,单看脚,以为只三十岁。演出间隙,她会逐桌喝一杯,跟老头儿们从容地聊天。我们去的那天,最早来的是位中年人,穿热带常见的花衬衫,坐吧台,可能是有脑神经方面的疾病,手脚是扭曲的,但仍坚持看完老太太近两小时的演出,聊上几句才走。

八十岁仍充满魅力的老太太,和四十岁人状态差不多,还没有四十岁的压力。她早和丈夫分居了,女儿因为不认同她的生活方式,也断了来往。语言不通加上环境嘈杂,听不出她是否流露出情感。我问墙上挂的那把画着猫的三昧线是她的吗。她愣了愣,说:"是,是虎。"

在那霸，路经山田实老人的摄影工作室。他九十岁了，腿脚不行，只能每天过个马路去对面的诊所打营养针。工作室小而凌乱，杂乱无章地摆放着从前的摄影作品和奖状，拍的多是渔民和孩子。他曾经一度不再拍小孩儿，但现在因为身体状况，只能在窗前拍拍外面的行人，作品中就又有了阳光下成群结队放学的小学生。

终于有个半天可以逛逛街。天很热很热，去时看着别人的影子，回来时看着自己的影子。行人匆匆，没有很强烈的异乡感。

冲绳和日本别的地方很不一样，冲绳菜是我吃过最接近中国菜的日本料理，很多炒菜。每一顿饭都有的是海葡萄、苦瓜炒鸡蛋、豆腐。我是吃不了苦的人，但冲绳的苦瓜完全不苦。

冲绳不像日本别处有方便的交通，还是租车方便，但对中国人来说，右舵车可能要小心适应一下。如果在这里住上几个月，学学冲浪，发发呆，怨气会从脑顶蒸发了吧。这里人长寿的原因，我想一是常年的日照，让人没法有阴郁的心情；二就算是神秘的香橼吧；而三，就是并不现代的生活方式——没有什么非做不可的事，没有非要向前冲的姿势。

长寿的意义是什么？

没有什么意义，就是能多跟习惯的人在一起吧。但如果不喜欢他们呢？也没什么，那就多跟阳光、空气和水在一起。人老了，喜欢和不喜欢也没那么强烈，只要是习惯的、熟悉的就好。

这次同行的日本工作人员，有一个长得特别像猫头鹰，很爱跟人交流，因为语言不通而少和他对话的话，他会偶然有不开心的表情。有个男孩儿大概二十五六，长得特别像《老友记》里跟钱德勒合租房子的犹太人。不知道是不是因为长得像，连笑声也一模一样。而最能干的那一位，像台湾的某位制片人，有点凶的样子，我猜每个团队里都会有一个长得像有黑道背景的制片主任吧。

而在机场迎接我们的冲绳旅游局的局长，名叫下地裕。请念出来。

一切从三里屯开始

三里屯脏街一拆,好多人嗷嗷号。那儿顶多算是三里屯的"小崽儿"。翻出当年给《城市画报》写的第一篇专栏,那时还不认识丫唐的我,像个每天游荡在三里屯的野孩子。下面的文字,是我在世纪之交时写的吧。纪念一下。

  北京的三里屯有条著名的街——酒吧一条街。从前是大家私下里叫的,去年在街口,赫然出现了一个绿底白字的灯箱,上书"酒吧一条街",算是给了它个名分。
  关于三里屯,有一个著名的笑话。说一个老外,什么中国话都不会,唯把"三里屯"

这三个字说得字正腔圆，"屯"后面还跟北京人一样加上了儿化音。每次去那里玩，上了出租车假装随口一说"三里屯儿"，司机全被他纯熟的发音吓到，猜这位一定是个"北京通"，没人敢给他绕远儿。结果有回偏偏遇见一位不买账的，老外说完"三里屯儿"，正襟危坐等着司机踩油门，谁知司机跟着问了一句"三里屯儿哪儿呀？"老外立马儿蒙了。司机不耐烦地又跟了一句："三里屯儿大了，哪儿呀？"老外面红耳赤地反问："What（什么）？"

在三里屯玩，有时会刹那间恍惚不知道在哪个国家。尤其是春秋天，逮哪个阳光特好的下午，满街坐着各色各样的中外友人。有的老外说中国话好到如果不看本人，就会误以为是个稍带口音的中国人。而穿中式花袄的"色糖果"和穿"哈雷"皮衣的中国"尖孙"混聚一堂我说你的话你说我的话，其乐融融的场面更是俯拾皆是，各国人民在这里算是团结了。

当然我不是想说那些。我想说：在每个人的生命中，都会有一些特别重要的地方，在那里发生我们生命中特别重要的事。三里屯就具有这个意义。

在三里屯那片儿玩有些年头了。我还记得去的第一间酒吧是Jazz-Ya，那里有巨好吃的西餐和日餐。在那里，我和我的朋友们，差不多前后脚儿地遇上了一些人。有一段时期，基本上把那儿当成自己家食堂了。在眉来眼去的阶段，每天坐在同一个位置，你朝西我朝东，无语凝眸。

我们在三里屯桌边一大群看着都脸熟的人群中相遇，在三里屯的美味酒菜中感受爱情的微妙氛围，在它的周边踏出一条不算太深刻的爱情路线，直到分手。某一天，想避开有可能再见的尴尬而去另一间从未踏足的酒吧，推开门，赫然见那人与三五男女闲坐，若无其事打了个招呼，然后忍着满腔郁闷退出，狂奔回家，捂着一颗破心呻吟不止。

在三里屯泡吧，可以有很多选择。但在这条灯红酒绿的街，发生的往往是没有结果的事。而我们仍凭着惯性一晚晚待在这里，等待还能有什么会从这里开始，或者重新开始。

一切从三里屯开始，然后在三里屯，或者三里屯看不到的地方结束。在这儿，我们既是演员，也是观众，谁不知道谁呀。

有谁在那里遇见了真正的幸福？敢站出来吗？

如果有，丫肯定特浅薄。

现在，三里屯酒吧一条街也拆了。

住院的碎片

输液有点儿像浇花。浇花也得用肥,输液就是用各种液养一个不中用的人。

输液久了,有错觉,觉得针若从皮下抽出,整个人也就泄气干瘪。拿它当气门芯儿了。

* * * *

住院,穿病号服,是个仪式。突然疑惑,当年最后一次见到R,她穿着一条肥大的蓝白条裤子正在商店门口开自行车车锁,穿的也许就是病号服,或者病号服改的。那时我只觉得她好时髦,还犹豫过一丝自卑,不愿意和她对视。

因为她,我的初恋结束了。又过了三四年,

她因癌症去世。

"成千上万个门口,总有一个人要先走。"

住院,有大把时间上下五千年地胡思乱想。

* * *

我住院前,先去看望已住院的二饼,给它喂餐饭。它是只单睾的男猫,做绝育手术需要把肚子打开,感染了。

* * *

上午3床老太太过来看4床的亲家,3床说1995年她家从西单拆迁到大兴。下午同学来看我,突然想到那时执行拆迁的应该正是我这同学的老公。这算荣格的共时性吗?

* * *

4床老太太,一张国字脸,浑身负能量,口头禅是:"你说这都叫什么事啊!"特别苦,感觉特别执着地让自己特别苦。

21天没吃没喝。住院后梦见的第一顿饭：一个大圆桌，转到我面前的是干炒牛河和韭菜煎饺。足见内心多么的渴望油。

※ ※ ※

从住院就一直在输液，只有夜里几个小时取下针头。照镜子，已是另外一人。

※ ※ ※

护理员，川妇，已做外婆，聊天内容就是执着地劝人生孩子。每天早晚到她负责的床前用细弱的嗓音温柔唤人起床，帮人洗脸刷牙擦身泡脚。我不好意思，又没能力躲开，晨晚成为固定的尴尬时间。

在家乡，她算日子过得不坏。聊起家里的事，就变成另外一个人。一次她谈起女儿被她逼着生孩子后，请求她帮带小孩儿。她坚拒，理直气壮地说:"又不是我的姓,我为何要管?"

她挣了钱,在家里盖了楼。亲家来看她,腿有疾,扶墙一步一挪。说到这里,她站在屋中间学亲家爬楼的狼狈样子,笑得不能自已,声音渐渐高亢。

* * * *

输完营养液的小便味道,如置身马厩。后来我可以喝"百普力"了,一股酸猫粮味儿,排出来的是塑料制品哈喇了的味儿,小时候好多舍不得扔的画片儿上的味儿。

* * * *

不间断的输液,活动范围只在床边,嗅觉听觉都比往日敏感。听到外面各种手机铃声,蕴含各种气质。终于可以到楼道里溜达,才看见并不符合想象的铃声主人。一个"来电话了,爷爷接电话"的,竟然是老太太,不知道为什么用这么伦理哏的铃声,可能是家里人的手机。一个特别恶俗的网络歌曲的，竟然是严肃的护士的。

※ ※ ※ ※

护士都有一种不耐烦的耐心口气。是耐心的内容、不耐烦的口气？还是耐心的口气、不耐烦的内容呢？应该是前者。

※ ※ ※ ※

住院，又萍水相逢了很多人。因为病的缘故，好像都处在劣势的阵营里，都很愿意热情地聊天，或许有人因此结交了新的朋友。

意识到：三十岁以后，好多人见一面，兴许就是最后一面了。

当然很多人并不重要，见第一面就是最后一面的多了去了。

（胖宁探病时送了笔和本，所以我才记下好多碎片。）

蓝花楹

飞机快降落时,看到地面上郁郁葱葱的树竟绿得发紫,叹息视力越来越差了。

直到开在德尔马的大街上,某个一跃而上的红绿灯后,路两侧绵密的紫树静谧如仙境,美到让人发出哀号。放了心,视力没有问题。

紫树叫蓝花楹。一开始听到以为是"樱",后来查到是紫葳科,属硬骨凌霄族。

洛杉矶中国人多,北京碰不上的朋友,在这儿随随便便就碰到了。每次都住大伯子家,离中国超市近。过年时拍里面各种"恭喜发财"的拉花给我妈看,她悻悻说:"要不是你爸离不开人,我就去美国转转了。"

前天送朋友回酒店，走134转2号还有5号高速，分别看到一些眼熟的地方，问丫唐："是不是上次你哥带来吃韩餐的地方？是不是上次逛街的高级马路？"

洛杉矶的这些碎片，随着来的次数多了，渐渐连接起来，形成完整的拼图。

不过自胆切除后，我开车越来越紧张。美国人守秩序，也相信别人和自己一样守秩序，所以车开得极快。回想从前自己无知无畏地在暴风雪里开，在没有光亮的黑夜里开，在昏天黑地的时差里开，后怕得给从前的自己捏把汗。

据说人降落在异国的第一个地方，会给他留下强烈的认同感，从此再去这个国家的哪里，都抹不掉对第一处的偏爱。但与其说我喜欢洛杉矶，不如说我更喜欢中国饭。以十天为计量单位，五天吃中餐，三天吃日餐，剩下两天凑合忍口儿西餐，一不留神吃到cheese（奶酪）当场就打嗝。洛杉矶的中餐不会特别惊艳，但都保持在水平线以上，掉不到国内差馆子之差。有一回在"眉州东坡"，隔壁桌一个中国女孩儿点了条干烧大黄鱼，默默配以米饭整条吃光走了，令人欣赏。

洛杉矶土，因为在地震带，房子都矮。蒋哥头回来，看到高速路两旁破破烂烂的平房，崩溃地问："这不是农村吗？这是外国吗？"直到到了街上有孔雀溜达的东帕萨迪纳（East Pasadena），才勉勉强强接受了这是外国。说到这儿想起陈冲写她在美国一度身心俱疲时，深夜看到路边的孔雀开屏，觉得将有大事发生，就这样坚持了下来。有人以为她这是累劈了以致出现幻觉，其实是那边有个孔雀园，孔雀经常翻墙到居民区的街上散步，大伯子就捡了很多资本主义孔雀毛。

张爱玲晚年在洛杉矶，因为"虫幻"（老觉得屋里有虫子导致身上痒）四处搬家，最后的住处在 Westwood（洛杉矶西木区），近 UCLA（加利福尼亚大学洛杉矶分校），公寓房，用一次性用品，死后没有墓地，骨灰撒在海里。挺好，简单，谁也甭唏嘘谁。

很多东西，用文字记述下来，似乎就有了性格。三毛去美国，移民官问她来干啥。她说："我来等待华盛顿州的春天。"

这是给我很深印象的句子，每在美国入关时都会想起。转念又自问：你敢跟人海关这么聊天儿吗？

然后这次出关，被人大手一挥，那边儿——直接给赶到查农副产品的队伍里了。前后一趸摸，全是亚洲面孔。前面一位一人儿推三件行李的北京大姐气得说："当呣们多爱来似的，再也不来了。"

我来。岁数越大，需求越简单，一个晴朗得无聊的天气，一朵原地发呆的大胖云，都能让我雀跃不已。我愿意等待，明年这个时候，蓝花楹能在下一个上坡后的豁然开朗里，再赐予我美丽的哀号。

帕萨迪纳的一些小确幸

有一年去越南玩儿，风情万种的崔子恩说：我从来不看攻略，走哪儿算哪儿，自己发现才有意思。

我焦虑人格，出门前一个月就开始看攻略。以前是买书，喜欢《搭地铁游东京》《搭捷运逛巴黎》这种把路线都给安排好的。后来改上网看，单建一文件夹，里面全是马蜂窝、穷游网的攻略。到了地方天天排倍儿满，背着"双肩背"吭哧吭哧从早到晚逛博物馆，那种生怕漏看了什么的心情，简直是把这事当成工作，当成任务来画钩。有一年冬天在巴黎，没穿球鞋，穿了双胶底的棉靴，最后真是走哭了。

和别人家出行，需要彼此迁就节奏，渐渐发现区别：旅行在人家那儿是度假，在我们这儿仅仅是旅行。"假"与"旅"，后面这字儿还真是仆仆风尘扑面而来的意思。

现在好点儿了，不奔命似的玩儿了，尽量裹在当地人群中，自己去发现，或者听当地人给建议，玩攻略上少见的地方。

今天就说说帕萨迪纳吧。

去洛杉矶之前，我一直以为这是一个城市。当然确实有洛杉矶这个城市，但我们一般所指的洛杉矶是洛杉矶County，即洛杉矶郡或县。怪不得我头回去的时候，收集"星巴克"城市杯的同学嘱咐带回个洛杉矶的，我死活找不着，店里全是写着"加利福尼亚"的，最后是在星光大道上那间才找到，因为那里属于洛杉矶市了。

刚到洛杉矶，不可免俗地去了攻略上必提的保罗·盖蒂博物馆（J. Paul Getty Museum），确还行，但再一去大伯子推荐的诺顿·西蒙美术馆（Norton Simon Museum），还是更中意这种小确幸。

西蒙美术馆不大,但精选的藏品很有年代层次,因此显得丰富。不少德加、伦勃朗、雷诺阿、塞尚、凡·高、毕加索的作品,能想到的基本都有。地下展厅有不少东方艺术品,几尊巨大的巴基斯坦佛像俊美异常,别处不多见。

美术馆有个绿意盎然的花园,十几尊雕塑掩立其间(当然有罗丹),中间是莲花池,不由想到莫奈,后来知道确实是根据莫奈在法国的故居而建。一隅有咖啡馆,坐在树荫里,看阳光极好处的树冠,竟亮得似泛起淡淡的白烟,又发散地想到莫奈画睡莲时是白内障。

离它不远处有一 Gamble House,译成"盖博住宅",由一对格林兄弟为早年宝洁公司的老板设计的日式全木制大屋。自己不能随便逛,要等导游带队,大约每半小时一组,讲得很细,全程看下来大约也是半个小时。整座住宅全部由手工打造,技术细腻,想法精妙,怪不得导游说这玩意儿啊,设计者、掏钱者和工匠,三者缺一不可。

（室内不可穿高跟鞋，以防对木地板造成损害。）

如果有时间，逛逛加州理工大学，算给《生活大爆炸》致个敬。不大，它比不了辽阔的斯坦福，但闪烁着朴素的理科光辉，甚至学校周围那些短租给各地来此的教授和学子的公寓及街区，都有种斯文与自信的宁静，气温都比别地儿低几度似的。一次我去看旁边一组一九五几年建成的很有设计感的公寓，一九五几年啊，就立一大牌子，写上"国家保护建筑"，也就是说住户不能随便改变外观，比如装个空调外挂机什么的，休想。对着大马路那家住着个东欧口音的老太太，早年间和先生来到加州理工，访问或授课，反正就留下了。这组建筑的洗衣房是公用的，每家每周有固定的洗衣时间，很宿舍化。那是一个下午，半拉着百叶窗的屋里光线并不明亮，孑然一身的老太太有种旧日的书卷气和倦气。

还赶上了帕萨迪纳一年一度的粉笔节，在 Paseo Colorado Mall（科罗拉多大道购物中心）前面，想参展要提前报名。参展人会把作品另画在规定尺寸的一块小小帆布上拍卖,想买的人领个号,在每块帆布前的表格里填上自己的编号和出价,每次提价不得低于十块。当天最贵的应该是那幅把玛丽莲·梦露画在凡·高的《星空》里的作品。

有些粉笔画是立体的,需要找角度才看得出来,现场看不出妙,拍了照片回来才发现"咦,原来如此"。被画得最多的是弗里达和莱亚公主,大家的水准参差不齐。有一位大概是西裔老太太,画的是一棵树,简直太难看了,相当于热爱美术的小学生水平吧,不仅没有层次,甚至连填匀颜色都不追求。我转了一圈再回来,老太太身边又趴了位老先生一块儿画,依然难看,但树的好多枝丫上多了些名字,应该是家人的名字,又觉得还挺温暖。

我最喜欢一幅把达利、毕加索和草间弥生画在同一张脸上的作品。

如果玩洛杉矶时间充裕,就去它历史最悠久的城市帕萨迪纳看看吧。赶上新年,更有一年一度的玫瑰花车游行,这个游行和纽约时代广场"大苹果"倒计时、拉斯维加斯除夕夜的焰火,并称为"美国新年三大庆典活动"。不过我觉得……反正赶上就看看吧,注意保暖就好了。

旧振南凤梨酥

第一次听到丫唐大伯的事迹,是杨葵说的。丫唐父亲去世,亲人赴京告别。从八宝山回来,大伯在电梯里高声说:"中午咱们吃红烧肉吧?!"然后仔细讲了红烧肉怎么做才好吃。

丫唐父亲,也是我公公(因为没有见过,所以一直不习惯这么叫),家里排行第三,与大伯年轻时在台湾,因在报上撰文支持台湾本土进步作家杨逵,得到风声要被国民党逮捕。兄弟二人的钱只够买一张走私船票回大陆,大伯让三弟走了,自己在绿岛坐了十年牢。

那是1948年,他俩一个二十一岁,一个二十四岁。再见面,已是四十年后,改革开放之初在美国。

大伯坐牢把身体坐出不少毛病，但看不大出来，可能小病养身。他又爱玩，满世界跑。第一次见到他，是他和大伯母环球追看枫叶，从加拿大追到日本，然后追到了北京。

那次大伯点名要吃烤鸭，去南城一个卖各种北京小吃的一听就不咋的的馆子，好像还是连锁店。那天下午我们没时间，请住在馆子旁边的纳兰代陪。后来纳兰说这老二位可以的，剩了好多，说太可惜了，这么多东西都没动过，非要送给邻桌，被她死死拦住了。

大伯名唐达聪，二伯唐达明，原本爷爷奶奶要给孩子们按"聪明伶俐"的谐音起名，但丫唐父亲出生时身体不好，所以起名"达成"，后面就没再按这顺序起了。大伯曾用笔名"耿尔"，在洛杉矶《世界日报》开美食专栏——《刁馋杂拾》，洛城大小馆子吃遍，后结集成书，文字有种旧时的简练如洗。

这两年和他吃饭，注意到他点得多、吃得少

了，不过去年冬天他飞来北京，理由竟然是要去罗红摄影艺术馆吃598元一位的下午茶。

其实那天本来我也准备去的，临时得知一共六人，车上正好坐不下，就说有事不去了。丫唐回来说，大伯在车上突然没头没脑地说了一句："赵赵很懂事。"

可说呢。

大伯去年九十二岁，从北京返美，又去了南极。今年我去洛杉矶，要找他玩，他又和大伯母去了南非。平时难得闲在家，就跑去赌场，因为是VIP，纯粹是去玩酒店，那样也要去玩。

他家在一处小小山坡上，某个小小十字路口的拐角，花园里高低错落，生机盎然，还有个小小泳池。不游，啥也不干，就放着，但也打理得很干净。

每次和大伯告别，他总会给点儿吃的。有时是糖，有时是自家种的水果。他家的桃子虽小，但异常甜美。

头回见面那次，他下午吃了北京小吃，晚上

吃了烤鸭。临别递给我一个纸盒，嘱咐："旧振南凤梨酥，非常好吃，一定要吃。"

真好吃。其好在于皮，是酥皮，奶香十足，和馅料几乎融合在一起，不像大多数凤梨酥那样甜，让人想急着吃完了事。

好吃级别达到舍不得吃的地步。

我查了查，"旧振南"始创于光绪年间，正经的老字号，台湾人婚礼用它家的"囍饼"算很体面的。

我喜欢官网上对"囍"字的释义："囍"是两口相对的欢悦。

后来再有朋友去台湾，我兹要知道，都会让人家带盒旧振南凤梨酥给我。不管人家手提行李多不多，我都死皮赖脸，说很省事呀，不用特意去找，台北机场就有。

大伯在我心里，就是玩玩玩。去年唐家画展，第一次看到大伯的字，是刘禹锡《岁夜咏怀》里的句子"以闲为自在，将寿补蹉跎"，倒真最合适大伯写出来。

后来黄爱东西向丫唐邀字，以茶叶交换，要求的内容竟也是这一句。我姐真是妙人。

丫唐贪图好茶，不然他说得给她写点儿更正能量的。

不是我养它，更像它陪我

养猫前，几年决定不下。自己倒没觉得很久，一是只偶尔闪念，二是人到中年，时间过得快了。

要不是遇到执行力强的朋友，强拉我去挑，然后迅速连猫粮带猫厕全套家伙事儿送来，今天"糖饼"不知道在谁家呢。

"糖饼"这名字是早就想好了，因为要姓"唐"，又要接地气，想不出别的了。

它来时，我丈夫还在剧组，对此事一直表现得无可无不可，但他看到糖饼的照片，第二天就回来了，就是觉得很喜欢。

大多数一个人在家的日子是很无聊的，糖饼来，不是我养它，更像它陪我。沉闷的家里突然多了一个走来走去的活物，顿时生动起来。

而我几乎无时无刻不在观察它，买养猫书，查星座，从吐毛球到踩奶，它的每一个新现象都令我紧张兴奋。有人实在忍无可忍说这叫"过度关注"，你们各干各的不好吗？

办不到。因为把它拟人化了，以人的喜怒哀乐，不停地去揣摩。糖饼好奇心强，总看着窗外，像是向往自由世界。我依据其背影直接判断为孤独，为解决这个问题，又找了"二饼"来。

没想到是误会了。二饼来后，糖饼登时疏远了我们。偏老二是个黏人的，就是要待在离人最近的地方。糖饼远远看着，冷淡的气场至少一百平方米，时常逮住老二就打一顿。

从前每次我回家，糖饼都会在门口等，打滚，等挠。二饼来后，它还会在门口，但是是趁机找条缝闪电般冲出去，一直蹿到顶层，牢牢抓住楼梯扶手，不肯回家。

因为不养小孩儿，这两只猫真是当孩子养。两人常为两猫的教育问题发生激烈冲突，是一本正经的冲突。丈夫回家前，我一直不让猫上饭桌和床，丈夫回来后坚决不同意，所以一到饭点，饭桌上两只猫就开始若无其事地逡巡，如一望无际的非洲大草原上的狮子。

既然当孩子养，就肯定会偏心眼儿。二饼逆来顺受，只要好吃好喝，哪儿也不要去。兴起把它抱院子里，它疯了似的往家跑。想想它也不容易。

而对糖饼，更像"爱情"，爱到深处，简直想为它舔毛，生气的时候互相怄气不搭理。丈夫曾苦恼："竟然还要为你俩调解矛盾。"而当和解时，它小心地又踩到我怀里，几乎喜极而泣。

人之间有缘分这回事，与宠物也是有的。之所以一直不能决定养猫，是小时候家里养过一只土猫，意外早夭，那是记忆中最伤心的一次，在"责任感"这个选项上给了我很大的打击。现在这一切，是假想给从前的遗憾重新开始一个温柔的后续。曾没能好好给的，加倍补偿在后来者身上。这样看来，还是爱情。

婆　婆

昨天梦见了婆婆,梦里她抱着我哭,说自己很寂寞,想我们。梦里的我也哭了,内疚地说回北京就会去看她。

梦是怎样结束的,忘记了,只记得在梦里我们都哭得很伤心。我的内疚,缘于我一直心存侥幸,以为身在外地,就不会梦见婆婆,以为魂魄只会留在他们熟悉的地方,并不会随着我们到异乡来。在梦里我哭着想,以她的倔强性格,一定是有极端的寂寞,才会来告诉我们。醒来突然便想起了《菊花之约》,想起了《琥珀》中袁泉大段大段的台词,以向刘烨表达她为什么会来赴约。然后就是醒后茫然的醒。

我并不觉得自己和婆婆的感情有多深,她活着的时候,我总是有点儿躲着她,即使同在家里,也是她看她的电视,我玩我的电脑,最多的交集就是每次从她房门前经过,我们会互致微笑。她去世后,我第一次一个人在家时,当又像往常一样从她门前过,我甚至习惯性地准备好了微笑,可是马上看见那张空荡荡的床,那一刻突然就伤心了。

有时候我也想过为什么要躲着她,后来明白,因为她身上有种彻骨的孤独,看见她,就似乎被那种孤独猛地打了一下。我害怕面对一切负面的情绪、生离死别,所以才会叮嘱丫唐,婆婆去世的那一刻,不要通知我,我不敢面对,受不了,我不愿意去医院眼睁睁地见证那一刻……那有什么意义呢?

我从未真的对一个人内疚过,只有对婆婆。而有些人,你是一辈子也没机会对她说"对不起"的。

婆婆很漂亮,以致她每次住院,总有生人把

她的年龄猜小二十岁左右。那时候她就笑得很端庄很开心,像是在努力地扮演五十岁。后来我发现她甚至有点儿喜欢住院,在那儿她可以得到更多的关注,甚至觉得大夫和护士比我们对她更好,任我们如何解释她也是半信半疑。

她的美确实曾让我在初见时疑惑,想一定是丫唐的父亲长得不够好,才会生出这样一个儿子。可看到他父亲的照片,只好相信基因突变这回事了。但婆婆对于任何指摘她的次子不好看的言论无法容忍,第一次我坦率地说出观感时,她悻悻道:"你没见过庆年(长子),他更难看。"庆年不是她带大的,相对丫唐,感情自然淡了一层。但我听了还是大骇,没亲眼见过这样护着一个贬低另一个的。后来我说"次子"就是比较次的子。

她非常非常地爱她的次子,所以他们两个经常争吵。这种争吵是有渊源、有内情的,每当他们争吵,我会觉得自己真的是个外人——我不能理解有什么可吵的,都是些鸡毛蒜皮的小事,是很容易解决的。但他们乐此不疲,隔三岔五就会就相同的问题针锋相对地吵个没完。开始我还在旁边观看、劝解，后来也懒得说了，知道那是属于他们自己的一种特别的情感表达方式。

婆婆常年不下楼，除了理发、清明节去八宝山看我从未见过面的公公。丫唐告诉过我，她所有奇特的行为都是因为公公的去世，那之后她就对活着没太大兴趣。这个我是领教过的，在我们恋爱一个月后的某个周末，她失踪了。那天晚上我们回去得并不算晚，回之前还特意到簋街给她买了一碗"表哥米粉"。进到家，丫唐比我早换完鞋进屋，我还在门口磨蹭的时候，他已经目光呆滞地出来，茫然地说："我妈不见了。"

婆婆留下一封信，信上说："你们不要找我，过两天自然会有人通知你们。爸爸的书画集出版了，你也有了赵赵，我没什么可牵挂的了。"丫唐是被她娇生惯养大的，马上慌了手脚，完全不运用理智，急着要连夜回山西老家找她。我和石康轮换着开车，天亮时到了太原，他打了几个电话，所有人都说婆婆没回来过，也没打过电话来。那时他困过了极限，反而清醒了，明白婆婆应该是没回山西，三个人就在宾馆里分头儿睡了。晚上开回北京，哪儿也不敢再去，就在家里守着电话，第二天他的前女友和杨葵来陪着，我与她不熟，对于他们所说的话也插不进嘴，就拿着婆婆床头的电话研究，不知怎样三搞五搞，查出了她离家前打过的最后几个电话。我马上说应该按这几个电话打过去查。所有的电话都是熟悉的号码，只有作协招待所的有点儿奇怪。我问："她会不会去了那儿呢？"丫唐说不会，她可能只是给那儿的熟人打过电话。我们在一起的时间不久，他家里的情况我不是很了解，就不再言语。后来还是杨葵打过去，没抱太大希望地问了一下，没想到对方回答，确实有位姓马的客人，前天晚上来的。

  服务员带我们到房间门口后，转身就走了。看着门把手上挂的"请勿打扰"，我明白她也是害怕。丫唐说："我自己进去吧。"我就在门外守着。他开门进去的一瞬，有股凉意从屋内扑面而来。一会儿他出来了，眼睛红的，只说："她还活着。"我进去,看见婆婆歪坐在沙发上,轻轻地打着呼噜,样子很安然。屋里很冷,听得见破旧空调隆隆的声音。我们沉默地把她放倒在床上,然后帮120把她抬上急救车。茶几上有一盒冰激凌,隐约记得是一种紫色,应该是香芋味儿的。她是怕吞不下那么多安眠药,所以掺在冰激凌里吃下去了。

在医院里,茫然地目睹一系列抢救措施……我忘了,可能太慌,因为从小到大,没有亲眼见过类似的情况,我的亲人们身体都很健康,他们因为爱我而爱惜着自己。婆婆很快醒了,医生也觉得奇怪,她竟然没受到一点儿药物的副作用,没有傻,就是有点儿幻觉。她对我抱歉,然后自己纳闷儿,为什么没死。那时我只担心丫唐,担心他休息不好,承受不住。然后我出差了。回来的时候,婆婆已经可以出院。但因为她是离家那天晚上吃的药,在沙发上昏坐了两天两夜,导致臀部和垂在沙发扶手上的左臂内侧肌肉因长时间压迫而坏死,下半年还是进了一次医院,植皮等。

那时她心情好了些,可能经过前面的事情,不好意思再给我们添麻烦,不再提自杀的事。那两次住院,我们比以前亲近了些,有些不方便男人来做的事,就由保姆或者我来做,那时我自称"接尿小能手",把她逗得嘻嘻笑个不停。

之后的生活很正常,她和以前一样,每天从早到晚窝在床上看电视剧,她反感别人在电视剧播放的时候来看她,没有好的电视剧时又抱怨别人都把她忘了。她染着棕黄色的头发,穿牛仔裤,率性得像个年轻人。丫唐说小时候在山西,婆婆总是穿裙子骑车,胸前斜挎着包,带他下馆子,众目睽睽之下抽烟喝酒,让他觉得难堪,这给他幼小心灵造成了巨大的"伤害"。他一边说着"难堪"一边笑,说上学的时候老师来家访,投诉他成绩很差,婆婆悠悠地说:"我对我儿子只有三个要求:一是吃好,二是休息好,三才是学习好。"那之后老师就不再来了,知道这样的家长对学校来说没什么用。婆婆还给儿子写假病假条,好带他去看内部电影,接受他未婚同居，容忍他带朋友来家里打几千块钱的长途电话，开 party（派对）等，要知道，那是 20 世纪 90 年代初。

然而不管丫唐说多少事，我眼里的婆婆，始终是一个悲观的、乖戾的老人，这一切与她对我的好无关，我们之间就是太客气了。她不愿意下楼，并不是身体有多不好，反而是因为她不肯下楼活动而导致身体的不好，她只是不愿意在电梯里遇见熟人，她讨厌那些人对她表示关心。自从公公去世，她就讨厌这些人，讨厌他们用同情的目光看她。

在她去世前的两个月，她曾在电梯里碰见一位新寡的老太太，老太太好心问："你最近怎么样？"

婆婆头一昂，看着天花板："我很好。"

"你一个人还行吧？"

婆婆马上就生气了："我不想说这些。"

老太太连忙解释："我老伴刚刚去世，我很能理解你的心情。"

婆婆不管那套,瞪起眼睛,声音大了起来:"我说过我不想说这些。"

电梯门开了,老太太慌不择路地跑了出去。这就是婆婆的典型行为。我有点儿喜欢她的任性,她从不掩饰自己的脾性,活得很痛快。

我们之间的客气,是因为我们都不想显得自己和丫唐关系更好,这是很奇怪的想法,但我们确实都是这么做的,怕某一个人稍亲昵些,就会让另一个人不舒服。丫唐有很严重的睡眠呼吸暂停症,大夫让他每天戴呼吸机入睡。呼吸机买来了,需要每天清洗,婆婆首先把这个活儿抢到了,每天起床后,她先把呼吸机拿到水池去清洗,然后把面罩用干净的塑料袋套上,临睡前再拿去加好水。我一直觉得这应该是我做的,和她提过,她并没说什么,第二天还是照做。我明白她多么爱她的儿子,只有自己亲手清洗,才相信呼吸机是真的干净。于是我不去管这件事,慢慢也就习惯了。直到丫唐拍戏住在剧组,呼吸机也拿去了,婆婆某天犹豫地对我说,要不要让保姆到剧组去帮他打扫房间清洗呼吸机。我才想起,丫唐早就因为嫌自己清理起来太麻烦,不再用呼吸机了。他其实是很依赖婆婆的,他不留意,所以也不相信。

婆婆去世后几年,丫唐写了一篇纪念父母的文章。很多话,张张口,也就只说一点点,不往深里说了。自己知道,足够了。

附：
清明节

文/唐大年

清明去八宝山扫墓，先到革命公墓，再到人民公墓。因为父亲葬在革命公墓，母亲葬在人民公墓。

丫赵买了两束花，一束白色的菊花，给父亲；一束鲜艳缤纷的，给母亲，因为母亲热烈的性格。她没有见过爸爸，妈妈她很熟悉。

通常来说人死了，我们能为他们做的事就很少了，清明扫墓，放一束花，伫立几分钟，如此而已。

回来的路上,丫赵问我:"你还想他们吗?你后悔他们活着的时候没有多花点儿时间陪他们吗?"好难回答啊。我勉勉强强地说:"就算你整天和他们待在一起,当他们死了,想起他们的时候你还是会难过。"

回来的路上去世纪坛看了"庞贝末日"展。又一个关于死亡的故事。十八个小时之内,一亿吨的火山岩浆喷发出来,化成碎石和灰尘落下,一座安居乐业的城市消失了,几千个生命终止了。展览上陈列很多具痛苦挣扎的人和动物尸体的模型,这些人和动物就是在这种姿态下死去的,在种种因缘神奇的作用下,这些姿态被完整地保留下来——生动的(呵呵,多么反讽的词)、痛苦的、死亡的姿态!

以上是昨天的事。

清明节,我看见菜市场门口有好几个摆摊卖纸钱的,一捆一捆,花花绿绿,面值巨大,显然那边通货膨胀得厉害,咱这儿的钱比那边值钱多了——让人有种活着就是大款的感觉。

晚饭是我从超市买的烤鳗鱼和寿司什锦。丫赵问我："多少钱？"我说："挺贵的，近一百块，所以买的时候我犹豫半天，心想在家吃饭也这么贵，是不是不太合适。"

丫赵问我："小时候你们家老上饭馆吃吗？"

我说："不。小时谁家都很少上饭馆吃吧，下馆子是件挺大的事，我记得我爸都是拿了稿费才请我们下馆子——马凯。"

"马凯？不爱吃。可能我不会点吧。"丫赵说。

在我心里浮现出爸爸爱点的菜，东安子鸡、豆椒肉丝，马凯的名菜，小时候觉得好吃极了。

过一会儿，丫赵又说："你取过奶吗？小时候奶不给送，都得去取。"

"在山西我们那个地方喝不着奶，我妈

为了让我能喝上奶,送我到一个老大娘那儿,因为那家养了一只羊,可以喝羊奶。我记得太难喝了,特别特别膻。"

对话至此,我想,爸爸和妈妈,他们死了吗?他们仍以某种形式活着,至少活在我的记忆里,还不时牵动着我,一如他们活着的时候。

故去的人,我们真的不能为他们做什么了吗?可以的。我们可以使心变好,可以努力去善待别人,这样他们就仍然起着作用,一如他们善待着别人——这是佛教给我的思维方式。唵嘛呢叭咪吽,清明节,这样想这样忆念他们。

北京女的

（这是给哪个杂志写的开篇，忘了。）

北京大妞……其实现在不这么叫了。既不装腔作势叫"北京女子"，也不一本正经叫"北京女性"，当然也实在不能小不喽嗖叫"北京女孩儿"。最早那拨出来混，现在混成德高望重、诗与远方的大哥，倒是爱叫"北京大蜜"，或者"大飒蜜"。

她们自个儿就平淡自称：北京女的。

北京女的，自黑鼻祖，平权先锋。可能容易让人觉得她们把什么都不当回事，包括自己。倒不是不自尊自重、自爱自强（其实极端自尊自重、自爱自强），但做人做事要脸求匿，活着干，死了算，不要标榜，好像生怕人看不见知不道似的。

懂事儿,行事作风追求"有理有面儿"。自己做得好并不叫懂事儿,尽量让身边男的显得"有理有面儿",才是真懂事儿。让她吃男的喝男的花男的,真下不去那手。有什么幸福生活不能自己挣来?为什么非通过男的?恋爱结婚,图什么是不好说,但肯定不图发家致富。

北京女的略糙,不是骂街打人的糙(也骂,但骂得不脏),是神经大条的糙,既气定神闲享得了福,也若无其事吃得了亏。只有见过世面,才能宠辱不惊。所以和北京女的做朋友让人放松,不用老想着她高兴或不高兴,即使她不高兴了,她自己能消化,你别不讲理就行。

要一定说北京女的有什么缺点,形体上就是没腰。为什么没腰呢?因为腿太长。性格上嘴损,心理上能忍,看着特别能承受伤害。人在择偶或交友中面临选择时,往往会放弃那个看上去能野外生长的,所以不愿意给人添麻烦的北京女的,时常成为被放弃的那个,因为她让人觉得没谁都能过,说不定还过得更好。所以对她的放弃会让人觉得,反正自己在她心里,似乎没那么重要。

可是,很多年过去,一个在年轻时幽暗的岁月里很浑蛋过或很飞扬过的男的,圆寸了,佛系了,环保了之后,会在琐碎日常的某一刻突然醒过闷儿来:他这一生,原来没有一个人,像那个北京女的那样深地爱过他。

她们曾那样,连让他们内疚都做得不忍心地、深深地爱过他们。

京都的红叶狩

想去京都看红叶很久了,因为忙工作,攻略的事就交给丫唐。

从去机场开始,就瞅不冷子问:"明儿去哪儿?"

"不知道啊。"果然这么回答。

所以都是随便瞎去的。

"哪个是必须去的?"我又瞅不冷子问。

"京都现代美术馆的何必馆。"

在"花见小路"斜对面,很窄一条楼,一不留神就走过了。在展近藤高弘的大白罐子,各种大白罐子,特别大。从一层一路看上去,到顶层,迎面一棵枫树。

没想到赏的第一棵枫树竟然在这儿。这层叫"光庭",天花板开个圆洞,天光照进来,枫树长出去些。大家或站或坐,拍出来都是椭圆。我想拍个圆的,就蹲得很低,手更要低,终于拍到想要的那么圆。在网上找一圈,还真没我拍这么圆的,足见之低。

大美,月宫不过如此。纯绿叶或纯红叶都没那红绿参半的美。好幸运。

丫唐口中另一个必去的地方是琉璃光院。一年才开两次,赶上不容易。没想到中午到,只订上四点多的票,趁这几小时往上去三千院。

三千院真是担得起"美不胜收"一词。顶部为船底造型的往生极乐院,连殿外栏杆上的把手都十分精致却并不见小气。恰好还赶上国宝"金色不动明王"公开供大众观赏。不动堂外有茶棚,游客可免费喝茶,紫苏味儿,点点金箔,咸的,给糖尿病的妈买了一袋,她喜欢金子。

日本管赏红叶叫红叶狩,"狩"字用得真是妙,漫山遍野追寻红叶,确实"狩",据说从前的贵族还会边狩边吟咏。扭脸看看啧啧赞叹的丫唐，嘴里无外乎"太美了""太红了"这些贫瘠的语言，还诡辩说赞叹到极致，就这话最有分量。

从三千院折返琉璃光院，不知道为什么有不好的预感。走段山路到门口，又曲曲折折排半个多小时队。天快黑了，很冷，进院要脱鞋，脚踩在光滑的木地板上，寒气上心头，变成恼火。

有人觉得值得吧，我几乎是骂骂咧咧地出来了。回来上网看，怪不得琉璃光院拍回来的片子，都会有奇异的并非水面的倒影，那是因为在二层窗前最好的那个角度，摆了张锃亮的大桌。那些固定角度的美，都要在这张桌前才能达成。参观者到榻榻米上，自然跪下看，有中文翻译在旁说："因为时间关系，每一排只有三十秒拍照时间。"三十秒一到，第一排撤离，第二排往前蹭，后面乌泱乌泱的人，真往前使劲儿拱啊。我差点儿摔倒，气疯了，就冲这个，就感受不到美了。而且，那些把红叶P成玫红色的人，你们还是人吗？你们的良心不会痛吗？

第二天晃晃悠悠坐着公共汽车去美秀美术馆，沿路那些熟悉的山川河流映入眼帘，有探望一位老朋友的颤抖心情。这年是开馆20周年，拿出了不少珍贵的馆藏，其中一个曜变天目在当今世界可排前五。可惜天阴，天气好坏对景色的影响是巨大的。圆形的长长拱道尽头，也并没有倏然出现红叶，而是垂下的枯枝，想来是特意种下垂樱。在网上找，果然，春天樱花盛开时，拱道入口那一段金属壁，都被映成迷人的粉色。春天再来一场"花见"吧。

朋友推荐的平等院在宇治，就是以抹茶闻名的宇治。院侧有一"星巴克"，开业刚半年多，后有庭院，院外高处一条小路，红叶围簇，偶有人走过，画面十分《太阳照常升起》。

宇治有个民谣，大意是说：若不信有极乐世界，就去凤凰堂看看。凤凰堂就在平等院里，在日本地位尊崇，一万元纸币上印着。盛美，左右对称的一座巨大佛堂，如栖息的神鸟，前有池，屋顶两角各一金色凤凰，最震撼的是梁檐上神态各异的五十二尊演奏各式乐器的云中供养菩萨，前所未见，姿态超出想象。不过目前有一小部分被包起来修整，没有看到丫唐心心念念的划船那一尊。

今年平等院也在枫叶季开了夜场，看到Instagram（照片墙）上有人拍的照片，夜灯打得真是讲究。从阿宇池水对面，已可清楚看到凤凰堂里金碧辉煌的如来，宛如神迹。

跨过宇治川，对面是一条安静的窄路。走着走着，余光突然出现"美颜美姿"几个字，咦？

去日本玩，有一点特别好，就是用中文都能猜个差不离。原来高处是座小庙宇，桥寺，里面有尊负责"美颜美姿"的地藏菩萨可拜。陡峭，依然几个箭步冲上去。立着好几尊，"请问哪位负责美颜？"然后就见到一位戴着bling-bling大领结的，"你好。"

极好的阳光把树影碎碎地打在桥寺的台阶上，一刹那不知道这是梦想中还是梦中出现过的极美之地，那属于少年时代的梦与梦想、天空和氛围，就想起了那首歌：记得当时年纪小 / 我爱谈天你爱笑……

  这世上美好的东西真多啊，能真真切切地看在眼里，真是开心极了。那种感觉就像，迎着冷风走在路上的我，可能蓬头垢面，没睡够，没精神，法令纹特别深，黑眼圈特别垂。可是，你不会知道，我的手在兜里紧紧攥着一颗糖——那样的欢喜。

从春田到圣路易斯

老孟推荐了圣路易斯一家英式酒店——The Cheshire，中文叫"柴郡"，《爱丽丝梦游仙境》里有只会笑的猫就叫 Cheshire Cat。不知是否因此，接下来的行程，我一直恍惚以为在欧洲，甚至具体到，英国。虽然并没去过。

从老孟家出来左拐再右拐，很快就上了高速。丫唐想喝"星巴克"，我看路牌上有"星巴克"和"麦当劳"的指引，就拐出来。没想到"麦当劳"在，"星巴克"关了，大门上有灰色的板，只剩个店标，其他装饰全无，关了应该不短。后来加油的时候又去了个有"星巴克"的休息区，也关了。经济确实还没从疫情中完全恢复。

刚开上高速深感心旷神怡，两侧都是饱满的绿地。在沙漠海洋性气候的洛杉矶看多了焦黄枯草，见到这绿很高兴。换丫唐开的时候，我拍了好几张前方巨大的、向上的岔路，明亮得像半个躺在视线尽头的太阳。"这里是丘陵。"丫唐说。但没想到后来两天的路一直是这样，也就麻木了。

密苏里在美国中部，天气和西岸大不同。到老孟所在的春田市第二天，下起了暴雨。坐在他家二楼围着细木帘的露台，我说这里好湿啊，老孟说平时不太这样，我就把"贵人招风雨"那套嗑儿又显摆出来，老孟点头称是，行行行，真招。后来看新闻说是当地六十年来最大一次降雨。

他家所在的小区与其说绿化好，不如说是在森林里见缝插针盖了些房子。他家都是正常人，生活作息健康。我从刚到时每天中午十二点起，到走时十点起，已经很努力了，要知道这里时区比洛杉矶早两个小时。老孟还和他女儿解释，这位阿姨很懒。

春田是密苏里第三大城市，布拉德·皮特就在这儿长大，大学快毕业时，他说要去洛杉矶的 Art Center 学艺术（很牛的设计学院，毕业生尽是去设计"超跑"的），实际是去好莱坞找机会。我比算着这地方大概相当于郑州，后来知道圣路易斯才是密苏里第一大城市，那春田就算美国开封吧。

Downtown（市中心区）很小，密苏里大学的图书馆在这儿，还有几家咖啡馆，老孟闺女刚进了一家就飞快地跑出来说"我老师在里面"。

一座建筑的外墙上不知道为什么画着骑牛的老子，他们说是新画的。这城市有全世界最大的浸入式水族馆，和一户外用品店连着，据说豁大，能逛一天。我没去，对这方面实在没培养出兴趣。老孟说得对：这位阿姨很懒。但我去了卖牛仔裤、牛仔靴的店和卖马具的店，在里面发现我之前用的梳子竟然是给马刷毛的。这儿是传统的红州，当地人都很淳朴，普遍支持共和党。

圣路易斯是美国地理上的中心，虽然全国

的交通枢纽是它北面的芝加哥。慕名去了独立书店Left Bank，不大，气氛清爽严肃，有专门的黑人斗争、女性权利相关的书架。这家左派书店很有个性，曾拒绝过基辛格的宣传活动，也曾不顾一切地邀请拉什迪来做图书分享，据说很多店员是当地年轻作家。对面的街角有座田纳西·威廉斯的铜像（"柴郡"就是个作家主题酒店，我们的房间以Kenneth Grahame命名，是一位童书作家，作品曾被迪士尼拍成电影）。书店所在的小街在修路，人行道上有些土堆，但整条街几乎听不到任何声音。路边的住宅都是红或灰砖的Town House（联排别墅），我想Notting Hill（诺丁山）是不是就这意思？

本来我计划直奔芝加哥，但老孟说他每两周会开车送闺女去圣路易斯的青年交响乐团排练，这地方有著名的拱门，美国的"通向西部之门"，值得住一晚。我一查，圣路易斯虽然现在没落了，历史上也是举办过奥运会的大城市，一百多年前。同年还举办了世博会，圣路易斯艺术博物馆就是那时留下来的展厅,旁边是植物园和动物园,分布在一座巨大的森林公园里。"柴郡"就在公园旁边。

从这里开始,我注意到马赛克被频繁地使用在建筑中。圣路易斯大教堂(Cathedral Basilica of St. Louis)是世界上拥有最大马赛克镶嵌画的教堂。外墙是灰色的,里面光彩夺目,像包着玉皮的宝石。在老孟家的时候和他闺女一起玩拼图,一千块本来预计拼一周,可大家闲得不断助力,三天就完成了。"柴郡"的大堂桌上就摊着两副木质的立体拼图,也没人拼,可能还是怕疫情,少些触碰。也因此我在圣路易斯大教堂里,看哪儿都觉得可以拼一拼。

攻略上说拱门那儿很难停车,没想到离得不远就有公共车场。想来也是疫情的缘故,那些攻略最新的也是2020年的。游客不多,往哪个方向拍照都可仅一人入镜。都说拱门不过尔尔,但在其下看着巨大莫名的一道弧线,还是很觉壮观。拱门的电梯是特色,圆的,就是个砌在墙里的摩天轮，但比摩天轮小多了，五个单人座，极紧凑，坐两侧便直不起腰。电梯一共八部，拿号排队，一家人一部，不必和陌生人同乘。门一开，冷光，未来感十足，不知要去什么神秘所在。走进科幻。

顶上是个走廊，从扁扁的窗户可向东西两侧看，一边是密西西比河与密苏里河的交汇，一边是城市。城市这边可以看到拱门下面大片的草地（这里是全美最小的国家公园），我看见有个人躺在正中，另一人站在他的上方拍照。我在更上方拍了照，看上去很奇怪，也许他们在恋爱。

拱门的入口处支着一个三角牌，上面写着今天的"新冠指数"，高、中、低三档，后面是相应的建议。我们这天是中档，黄色，"Wearing a mask inside is encouraged（挨里面儿戴口罩是被鼓励的）"。是让人喜欢的说话方式。

从拱门出来马上奔烟熏烤肉的Pappy's。像"星巴克"一样，在门口下单，留姓进，坐没一会儿就有帅气的小伙子捧出来喊："瘫！"他们不会发G的音，只会把"唐"念成"瘫"。"瘫"接过那么大块的抹了蜜的肉,很兴奋。我点了汉堡,但是不理解他们为什么在面包皮上也抹蜜,边吃边擦,仍然满手黏。

圣路易斯所有的博物馆都不收钱,免费停车,就是关得早。艺术馆的展藏还挺丰富,又看见一幅这些年很红的 Kehinde Wiley(可海恩德·维里)的作品,戏仿《理查一世》,和原作摆在一起。他现在就像美国各类美术馆里的盲盒,不知道会在哪儿被碰见,碰见什么内容。

我俩又走了好大一圈到艺术馆后面去看室外雕塑,倒没什么,没有馆里的珍藏漂亮,但这绿茵遍地的真适合走路,所以附近的 Town House 在本地不算便宜。当然美国中部的物价还是比东西两岸低多了,洛杉矶一个中等房子的钱,这边可以买至少三个半,环境还好上至少三倍半。只是日常更闷,中餐馆更少,所以中国朋友们都掌握了很拿得出手的厨艺。我在坦帕(Tampa)的同学,上学时候用玻璃杯口压面皮当饺子皮的主儿,前几年去她家住的时候,已经解锁葱油饼了。

老孟也是,包馄饨不算啥,居然还做出了很像样的火烧。人都是环境逼出来的,尤其馋人。

第三天,我们上午十一点从"柴郡"出发,看了差不多五个半小时的风景后,开进了工业风的芝加哥城区。

去西安玩

到西安第一顿,问陈晓卿:"西安有什么必吃的饭馆推荐吗?"

少顷,陈老师回:"吉野家。"

因为当年丫唐忘了听哪个嘴损的挤对陈晓卿虽然都"舌尖上的中国"了但其实最爱吃"吉野家",嘎嘎笑着加了一磅:"果然挺会吃的嘛。"成梗。

一会儿陈晓卿的正经推荐来了,不是饭馆,直接推了个人,西北美食总瓢把子——西安妖哥。

妖哥长得有点儿像放大版的方枪枪,也不瘦,也不胖。第二天集了几地朋友于"王军良烤肉排骨面",边吃边输出相关知识,招呼人吃饭权当稀松平常。我眼瞅着王子川从一开始肉眼可见的社交恐惧到渐渐"来都来了"的任命型放松，喜悦之情油然而生。不久前子川安排丈人丈母娘送我们去机场，导致我十分无措，他在电话那头又不敢直接跟我对话（他说过"赵赵姐不说话就算是祝福"），还非嚷嚷"练练吧"给我听见——原话奉还。

虽然约在面馆，但不是吃面，而是吃妖哥的面子——王老板亲自烤串。上串的顺序有讲究，肉质从软到硬，再从硬到软，很有妖哥的"妖"。不是妖哥带着来，吃不到。王老板个儿不高，黑，烤那么半天，两侧剃青的灰白色发型纹丝不乱，说话铿锵有趣。西安的凉菜太好吃了，简单明了，精髓全在醋和辣椒，是产地独特的水土酿造优势，别地儿学不来。社交恐惧完全可以像方鸿渐一样说"连舌头都吃下去了"而不亏心。

饭前去的陕西历史博物馆，看了胖宁极力推荐的章怀太子墓壁画。本来以为要去咸阳看，后来才知道为了便于保护，墓道上的壁画都被整块儿起下，放置在这儿。太子活着那会儿马球盛行，壁画中尤以一组马球图闻名，寥寥数笔，古朴又动感，如同速写，和明朝壁画的华丽风格大不同。在馆外的长廊上歇着的时候和胖宁争论了一会儿，直到给她气得不跟我说了。她是中国青年出版社的编辑，这两年趁周末在美院学了几堂课，竟然不可思议的好。我问她是不是有天赋，她说是。

第二天去了兵马俑。可能从小到大看了太多相关的图片，真站到面前，就还好。但是理解了为什么梦枕貘的《沙门空海》和李碧华的《秦俑》都会有让兵马俑复活的情节，看书时觉得很有想象力，看到兵马俑真身，那几乎不能算想象，那叫顺理成章。

西安好热，司机在门口帮找导游时一直强调说："不要带他们去买东西，不要去看3D电影，不要走得太快，只看坑，能行不？"前面两位听到不看电影就都放弃了，可能那是她们挣钱的主要渠道。第三个姑娘老实,讲解中途时不时问丫唐："叔叔，你要不要坐轮椅？"

兵马俑之前，妖哥带吃回民街。从桥梓口的

马峰腊牛羊肉店吃"西安早茶"开始：腊牛肉、酱牛肉、腊羊肉、花茶。商家都认识妖哥，摊上还有印着"妖哥推荐"的小吃。我爱做攻略，跟妖哥卖弄："人说回民街分游客吃的和本地人吃的。"妖哥都懒得听："那是我写的。"然后往洒金桥走，先进"志亮"点了三屉灌汤包，按妖哥说，先夹到勺子里，杵破，把流出来的汤喝了再吃包子。三种馅儿：芹菜、韭黄、白菜。配的是前所未见的西安八宝凉粥，玫瑰香味，里面有葡萄干、山楂、瓜子仁儿、枣——之甜。然后是凉皮、粉蒸牛肉。妖哥说一共安排了五家，这是第一家，然后我们就在第一家结束了——西安，馍都，碳水都，服了还不行吗？此处标红叔姐名言："Can't take any 馍。"

再一天去碑林。导游很好，几乎能听见"哗哗"出汗的天气里，比其他导游讲解的时间都长。就是太爱输出价值观了，光在《石台孝经》那里就阐述了近半个小时自己关于"孝"的思考。人很好，很好很好，昭陵六骏给我听得很感动，但因为对我来说无关知识过多，想听的关于书法的内容相对就少了。像五、六展室，所有导游都不进去，王铎完全没有被重视，属于朝代歧视链吧。我问丫唐更喜欢怀素还是张旭，他说张旭，然后就在城墙上的咖啡馆里昏睡了。

本来不想再打扰妖哥，就悄眯眯去他开的饭馆吃一下子得了，未料他正好打来电话关心晚饭着落，大家又齐聚他的"醉长安"。

什么叫横菜？见过烧肘子下面是酱汁的米饭、上面铺着小土豆吗？服了还不行吗？到一个地方要想吃好，光被推荐了馆子，可能还存在不会点的问题，有个"地头蛇"带着还真是最可以放空的办法。感谢妖哥，感谢陈晓卿哥。

妖哥自己并不怎么吃，喜欢看大家吃，跟厨子不太吃自己做的菜同理。这些天断断续续地了解，他当年参加央视的厨艺比赛，以爱吃人的身份赢了专业厨师，拿到冠军。我多希望馋如丫唐也能这样啊。但丫唐级别还是低一点儿，他很爱吃自己做的饭，且吃相极富感染力，常令在一旁冷静吃叶子的我最终还是加入他。

在西安最后一天去看了 VR 展，这趟去西安其实就是子川夫妇盛情邀请来看这个的。我俩恰好都没在西安玩过，就借此由头去了。这次展有很多威尼斯影展获奖作品，我最喜欢《旅客名单99》（*Manifest 99*），是游戏向故事。其实我并没完全看懂，但每一次与脱轨列车车厢上的动物挥手告别时，都会莫名震撼。那几只动物在颠覆的车厢中看向观者，脸上并没有恐惧，而是安详。据说讲的是一个来生的故事。

回来查了资料，是 2017 年就上市了的游戏，需要与游戏中的动物互相确认过眼神，match（对应）上之后情节才能继续，转到下一个场景。主角是乌鸦。虽然乌鸦在各种文化里都是丧的象征，但我前几天在英文童话里读到，世界起源时，所有鸟都是白的，后来孔雀向乌鸦提出互相给身上画出色彩。孔雀对自己的毛色要求很高，一直要乌鸦画呀画，画了很长时间，给乌鸦饿够呛。轮到孔雀给它画的时候，它就指着黑色说你给我全涂上这个就得了。童话最后说：所以孔雀很美，而乌鸦一直在找食物。

丫唐就是坚决不听我给他讲童话。

以为看完了，子川夫妇说，隔壁还有个给小朋友的 VR 展，也好看。有两个大漫画厅，概念类似，一个是满墙满地投射着窜来游去的小动物，另一个是天上地下运行中的交通工具。我俩在子川的指导下，领了自己喜欢的图像的绘纸，取桌上的蜡笔，埋头填好颜色，再交还工作人员，那些小动物和汽车飞机就加入了已有的画面中。四个大人低着头仰着头转着圈"嘿嘿"笑着找自己的作品，它们真的会倏然出现，又倏然不见，渐行渐远，直到消失。

回京的高铁上，我突然想起这趟旅行中一直若隐若现的问题："为什么子川夫妇邀请我们来西安？只是看 VR 展吗？VR 展今年还会在上海展啊。我们明明刚去成都参加完他们的婚礼。"

丫唐想了想说："可能因为我们电影的票房不好，所以他们想办法招呼我们来散心吧。"

去西安之前，刚去苗师傅家录了他的播客，聊《寻汉计》，当然也聊到票房的失败。我说：其实这个戏的台词像块砖，哪里需要哪里搬，实用性很强。我现在的心态，就像子川演的杜微说："我干吗和他们一样啊？他们都不知道怎么回事，我再跟他们一样，我不更傻 × 了？"

苗师傅说："你不一直都这样吗？"

昂？我不是成长到这样的吗？以前怎么会给人留下这种错觉的？

从前是假象，是吹牛逼，给自己安慰，现在是真的。这也不是内心强大——内心就这样，不用特意去强大。这几天下雨，我有点儿失眠，听鸟从四点二十开始"哇哇"叫，跟自己扯淡：这算活明白了吗？接下来一直明白，有意思吗？能不能不要这样？

但我很高兴因为这部电影和子川夫妇成了朋友。我们确认了眼神，互认了身份，都是对世界有种种尴尬与不适，仍然尽力活着的人，仍然在局促的间隙，尽量给别人一点儿温暖。这多么好啊。

接接洛杉矶的地气

今冬洛城暖,可到了还是生了场病。自我诊断是上火,因此地实在干燥,傻太阳天天照着。

这次没住庆年家,他院子里树木太密,光遮得严严实实,总比官宣的气温阴冷,去年住那儿发了场烧。新住处符合中国人的喜好,朝南,每天只能把窗帘拉开一半,不然太晒,从外面进来,以为开了暖气。

体温也没很高,也能和人聊几句,就是一坐到电脑前就难受,没法儿工作,就更上火,这么拖拖拉拉快半个月。

热让人节奏慢下来。也是来的次数多了,没啥特别急着要玩的地方。住处旁边就是地铁,可直接到市中心，就决定试试公共交通。

车站进去有个自动售票机，买了两张tap卡，和北京的公交卡一个意思，一张一块钱，储值的，不愿意要了可以退。没有收票人，连收票处都没有，就有个进站刷卡的地方，下车连刷卡的地方都没有，直接上马路了。我就纳闷儿，这是不是也太容易逃票了？对人民自觉性这么有信心吗？庆年说偶尔也有人查票，逮着就不是小事儿，要罚款兼做社区服务，中国"严法宽执"，美国"宽法严执"。我倒是见过几个穿制服的人从站里溜达出来，聊着大天儿，都心特大的样子，想不出来能怎么查。

后来有老洛城人说，他们到这儿三十年都没坐过公交，说我们胆子大。车厢里有色人种多，文身打眼儿的，看着神志不是特别清的。有个人一上来就掏出烟，我就一直很紧张地盯着他，想如果他点烟怎么办？有人阻止后打起来怎么办？总之坐立不安随时准备逃跑。好在他只是把烟别在耳后，五六站后就摇摇晃晃地下车了。

在"小东京"下车，过马路就是现代艺术馆的 Geffen 馆。买票时人问有没有 tap 卡，竟然还可以打折。是个阿根廷当代艺术家的装置展 The Theater of Disappearance（失踪的剧院）。里面黑黢黢的，到处都是工作人员，有人专门在入口提醒要留神脚下。整个空间与动线的设计都是展的一部分，不是很能 get（理解）到他所探究的"艺术结束后会发生什么？"的点，都是冷光的透明柜子里摆着鱼虾之类。我给它起名叫"中餐馆的冰柜"。

沿马路往西是一串日餐馆，上次来时"大黑天"拉面馆外排很长的队，这次趁着下午人少尝尝，非常失望。

我喜欢来"小东京"，是为这里有家 MARUKAI 日本超市，生活用品和药妆在美国算难能可贵的丰富，当然比日本本土贵些。回来发现也可以在线购买。

后来又坐了几次公共汽车，倒觉得比坐地铁踏实，好歹同车厢里还有个司机。上车自动投币或刷公交卡,价格在投币机一侧明显地贴着,多少站都一个价钱,不找零。坐公共汽车的老弱病残多,上车不往里走,先站那儿和司机聊会儿,有次约了人去"眉州东坡",Google Maps(谷歌地图)明明预计半个小时的路程,开了快五十分钟。

附近有家南加大亚太博物馆,外观飞檐翘角,十分"中国",以前是位热爱艺术的老太太的宅子,去年一直在重新装修。开幕的晚上去看了《来自扶桑的风》的展,才知道"扶桑"原来也有一说是指墨西哥。展出的是墨西哥艺术家 Miguel Covarrubias(米格尔·科瓦鲁维亚斯)于 20 世纪 30 年代在上海的作品,和当时受他影响的中国艺术家包括叶浅予的素描。看着看着突然发现怎么好几幅都那么眼熟,不是张光宇《大闹天宫》的手稿吗?之前在杨葵所在的"势象空间"看过,再看介绍,果然是从那儿借出的,世界真是太细小。

洛杉矶来得多了,越来越家常。车都没再租,走路去超市。这次也要探访大伯夫妇,他们又去非洲看狮子了。

很想猫。每次出远门都把它们送我妈那儿,它俩因为去宠物医院的童年阴影,平时关系那么不好,一上车都要钻到一个猫箱里挤着,前嫌尽释,相依为命。看到有人迫害宠物的新闻,更想把它们抱进怀里摩挲,得赶紧回京了。

父 亲

父亲去世的前四天,我把车开出医院,旁边就是加油站,我说:"加五百。"

我想:他总能坚持到我跑完这箱油吧。

然而没有。

那天白天,老家来的亲戚去看他。妈微信里说:"不认人,直到当中医的四叔给扎了一针,他说:'疼。'才认了会儿,很快又糊涂了。"

我怎么不信呢?晚上我一个人去医院,护工不在,爸冲里躺着,我过去叫他。他的眼神说不上是明白还是糊涂,我就一直坐那儿和他说些废话:你今天怎么样啊?晚上吃什么了?护工对你好不好呀?他去哪儿啦?就把他当没病那样聊。

他瘦了好多，但仍很有力，时不时使劲掐自己大腿。护工回来，我问这是为什么。他说不知道，不拦着的话，能掐烂了。

我的手扶在床围的栏杆上，突然他慢慢伸出细瘦的胳膊，手指落在我的手腕上，轻轻拂来拂去。我逗他："羡慕吧？看我皮肤多好。"

旁边床上的帕金森病人终于憋不住笑了。

但我却好像听见父亲的叹息。呃，他是要表达什么吗？

我觉得他的意识是清晰的，他就是懒得说话，太耗力气。他不说话没关系，我说。

我说："你记得我小时候你老打我吗？你记得你从女厕所里把我揪出来打吗？你看我对你多好，我现在都不打你。"

他就开始笑，笑得眼睛都弯了。我说："你怎么这么坏呀？听到这些事就笑。"他就笑得更像个老坏蛋了。

想起来他最喜欢我家两只猫，我就把手机里的视频给他看，看糖饼怎么欺负二饼，二饼害怕得从椅子翅儿下面退出来,还是被暴打一顿。视频挺长,他突然说:"猫。"

手机里所有猫的视频放完,我就给他一张张翻猫的照片,其实多是以前看过的。他哈哈笑,咯咯笑,还说:"猫猫。老大。老二。"

直到看到有张糖饼背冲镜头的,他突然说:"你看这猫这一身毛多漂亮啊。"

这句话算长了,他说得非常清晰。父亲口吃,从来话少,但这句话说得比健康时还流畅,我就放了心。

当时的我并没想到,这是他对我说的最后一句话。

后来我就开始和他玩打手板。先是我把手放下面,翻上来打他。他躲得极快,眼睛里瞬间闪过从前凌厉的光。几下之后,真有一次被他完全躲开了。他得意地笑,把手放在下面,准备好翻上来打我。我说:"你说你是不是小孩儿?是不是?"

这么又玩了一会儿,我得走了。和护工交代

几句，穿好外套，走两步回头看，他似乎很明白我要走，而且是他留不住的，又蜷成我一进门时那样背冲门的小团。

路上我给妈发微信："我爸好着呢，和我玩半天，你得逗他。"妈一直说："是吗？是吗？"

三天后的中午他转院，我一个人跟救护车。上电梯前，护士说给他戴个帽子吧，外头冷。他的帽子都是棒球帽，遮不住耳朵，我把羊绒围巾摘下来，给他把头围好。

下电梯到上车，到地方下车，到再上电梯，那两小段路，是他最后一次在户外。他半睁着双眼，我下意识地抬头看楼与楼之间的小块儿天空，他能看见吗？

我和父亲感情并不好。我五岁时他才调回北京，从单身汉般的自由瞬间转入有儿女的家庭生活，他完全不适应。对我和我哥也谈不上教育，只是一种态度吧——粗暴的态度。

我对他的记忆充斥着暴力。从幼儿园不告而

别自己摸回家，暴打一顿；没考上附近的小学，暴打一顿；和我妈犟嘴，暴打一顿。且据我妈挑拨，他下手不知轻重，隔着棉裤也能打到屁股上腾起五个指印。

后来我们越来越疏离，这种疏离在我青春期时达到顶点。那年我初恋失恋，又没法在家里哭，就跑到马路对过儿同学家里哭。哭了不知多久，听见有人在楼下喊我名字，探头看，父亲站在"L"形楼下的花园正中，重复着我的名字骂："你怎么这么疯？这么不要脸……"后面的话都是竭尽所能的羞辱，不想记得了。因为口吃的缘故，更让话一句似一句的凶狠，而且还有回音。一些窗户打开，一些人探头往下看，又顺着他的目光看向我。多年后我翻到那天的日记，当时的我发誓永远不会原谅他。在那之后的很多年，也一直这样坚信。

关系的缓和，是因为他的衰老。他的高声大气再也没人当回事，在这个家里的存在感越来越弱。他去世的前两年，甚至自觉退出了晚饭后餐桌上继续的家庭聊天，也并没别人注意。先是在社会生活中被无视，然后在家庭生活中被无视，他越来越长时间地待在自己屋里，看最爱的乒乓球和动物世界。因为复杂的人类世界，是他根本对抗不了的。就像《姐姐》里唱的：他坐在楼梯上面已经苍老 / 已不是对手。

他已不是对手。前几年他来我家过冬，因为对时事的看法不同再次咆哮。其实搁平时他也不至于，但那天小时工阿姨在，他一向喜欢在他认为比他弱的人面前装强者。我懒得理，接下来就只和我妈说话。他看我，我知道，他走到我面前，我就绕开。第二天我去院儿里走路，远远看见他裹着羽绒服跟出来。我走到微汗，往家的路上，他斜侧里迎上来。我本来又要绕开的，他做出一个微微阻拦的手势，然后就哭了，说："别不理我。"

我很震惊，不知道说什么，就这么一前一后回了家。他是否有我当初感受到的巨大屈辱？我不知道，那并不是我的本意。

父亲去世后,我一直机械地按程序做该做的后续,只有睡才会想:和他的相处,总有些难以忘记的片段吧?

想了很久。不是片段太多,而是都在创伤回忆的 Top10(前 10 名)里。我用了好几个晚上,像巴侬老爷费劲地挖金子。

我记得小时候的某个夏天,他带我和我哥走了两里地去法海寺。那时法海寺大殿周围的屋子住着很多人家,像个大杂院儿。父亲举起我,从木门的缝隙里看墙上的壁画。我记得那天的路上,我追了一会儿蜻蜓。

我记得二十岁的某个雨天,他坐在大开的窗前静止如雕塑。雨甚至溅到屋门处我的脸上。录音机里放着我重复录了半面的 *Right Here Waiting*(此情可待)。那一刻我突然意识到,我们的父母,其实也是有灵魂的。他当然不懂那是在唱什么,但那个雨天,湿漉漉的土味儿,穿过房间的风和那首歌,让他暴露了。

我记得他六十多时胃部不适,去医院做了检

查，害怕是不好的结果。那好像是秋天，我记得安静的走廊里光线很透亮。我试着拉起他的手。他不适，我也不适，但就这么硬着头皮走到医生面前。

我最记得的，是小时候家里还没买电视，周末会跟爸妈去九中的阿姨家看连续剧。一个冬天的晚上，也许是看完了大结局，很冷，但我们往家走时非常愉快。父亲把蓝色的棉猴儿掀开，把我裹在里面，我在黑暗中努力地紧捯小腿跟上他的节奏，我知道我不会摔倒，因为这是信任的游戏。那是我们之间曾有过最亲密的距离，我唯一切切实实感受到父亲的温暖的时刻。

在九中宽阔寂静的操场上，我几度从棉猴儿里挤出脸来。迎面的天墨黑，天空中有很多很多很多星星，那一刻我相信它们是在照耀我们。

父亲在情人节那天去世了。真会选时间啊我想。在我人生中第一次过情人节收到小男友送的巧克力时，怎么会想到这将是父亲的祭日。

父亲去世后，我最想说的话是"对不起"——

如果我能在关键处做出更正确果断的判断和决定，也许他可以活久一些。都说子女是父母这辈子的债主，上辈子父母欠儿女太多，所以耗尽此生来还债——所以，我们两清了，父亲。

我和父亲是几乎找不到相同点的两类人，吃力地完结此生共处的缘分。我相信如果有来生，我和他都不愿再做父女，最多是萍水相逢又终究擦肩而过的路人，可能只在目光交会时想：咦，这个人似乎有点儿眼熟。

有一天晚上，我去摘左手上的发绳，当右手触碰到左腕，突然感受到父亲那晚的触碰。我想更真地感受，是不是？到底是不是？就这样轻轻地拂来拂去，我觉得是的，就是那样的。眼泪就止不住地流了下来。

我与父亲相见时，他已四十，我们共同度过了彼此的半生。余下的此生，或如果真的有来生，当我仰望冬夜的星空，我会记起我曾在这样的凛冽中有过微小的满足。

无论你在哪里，父亲，祝你快乐。

恶 意

二十二岁生日前夕,我入职某家公司,因为性格内向,并没有很快交到朋友。

一天中午,午睡醒来,部门的头儿正纳闷儿地盯着我。

"你最近得罪了什么社会上的人吗?"

"没有啊。"我说。

他说:"有一个人,已经两次打匿名电话来公司质问,怎么可以用你这种未婚就与男性同居的道德败坏的人呢。"

夏天,仿佛听见晴空中一声霹雳。能想象身处20世纪90年代的我当时的反应吗?这是一家合资公司,从薪酬到工作内容都令我非常珍惜，却有人在我来这儿还不到一个月的时候就要毁了我。

我硬着头皮问："是谁接的电话？"

他说："是经理。"

我更绝望了，因为我根本还没有机会和经理说过话，更不要说让他了解我。那是一个看上去脾气不太好的台湾人。

"经理怎么说呢？"其实我想问的是"经理是不是要开掉我了"。

"经理说，'非常谢谢您的好意，我们公司有我们公司的用人标准，请您不要再打来了。'他还让我和你说，'好好想一下你得罪了谁，不要让他给你的生活造成更大的困扰。'"

我当时的震惊程度，比我知道有人打这种可怕的电话还要惊几倍。此前的生活里，我从来没有接触过这种理智的善意。一般情况下，如果被人说了坏话尤其是匿名电话骚扰，常见的结果是：他为什么不说别人就说你？你肯定干了什么不好的事吧？就算他是坏人，你怎么会和坏人有接触，你自己也不咋的吧？不要给我们找麻烦了，请你走人。经理的回答与做法，让我突然意识到，原来受过高尚和文明教育的人，是这样姿态的处理方式。我以前接触和想象的，真的是正常的、应该的成人世界吗？

几天后我和男友去看话剧，忘了发生争吵的原因，我一气之下坐地铁回了家。

也有十点了，家人竟然全都没睡，在客厅严肃地等我。我注意到我妈长舒了一口气。

我哥说："白天有个人打电话来，说你和社会上一个很烂的人同居。晚上又打来对妈说：'你女儿今晚和那个男的去看话剧，然后就会去那个男的家，不会回来。'"

所以我妈看见我，才如释重负的样子。她问："你得罪了谁？"（那是一个未申请来电显示就得去电话局办手续才有可能查询的年代。）

我得罪了谁？我不过是刚开始了一段恋爱，我也没有想到对方身后有这样扯不清的混乱关系。

虽然这件事慢慢处理干净（处理最干净的方

式是几年后最终的分手），但从此，感同身受过的我，对那种动辄骚扰单位和家庭的行为深恶痛绝，那种以阴暗低贱的方法，妄图摧毁对方的巨大恶意，让我恶心。

但同时，我很感谢因此能看到那位年轻的台湾经理，以对他来说理所应当、自然平常的应对，给我打开了一扇门，让我知道这社会有更文明的层次，理性和善意是更高级的存在。他给予的信任，是初入社会的我被震碎后最温情的愈合——原来这个世界没有我以为的那么凶残和愚蠢。这个信念支撑我变得勇敢，我渐渐抛掉了很多畏惧。

恶意与善意往往相伴而生，因为在被恶意伤害后，对善意的渴求会更敏感，更深刻。那么在恶意与善意同时发生后，该记取什么呢？是匿名举报给对方带来的伤害，是恶意延伸出来的快感，还是因为承接到他人的信任与宽容，更勇于去阻止恶意，而把善意更多地发散出去呢？

深深地感谢他，祝他一切都好。

老 三

小表哥是我童年最亲近的玩伴。小时候他摔了胳膊,在老家耽误了治疗,妗子就带他来北京看病,一趟又一趟,所以上学前我总是和他玩在一块儿。他大我一岁,排行第三,我跟着大家一起叫他"老三"。

因为年纪小,他对自己浓重的口音满不在乎。有一次从外面回来,他和我说:"住那边那个娘儿们……"我虽然小,毕竟是女的,觉得"娘儿们"实在难听,长大后才知道他们那儿都这么叫已婚妇女。

老三小时候特好看,浓眉大眼,我老觉得故事书里的小英雄就该长这样儿。他脾气犟,我妈老提起他头上的三个旋儿,然后就会不厌其烦地重复:"一旋儿横,两旋儿拧,仨旋儿打架不要命。"老三并没什么机会和别人打架,可能因为他愣头愣脑的样子和凶巴巴的外地口音,本地小孩儿一看就怕了。我不怕,很多时候是我俩扭打在一起,常常打得翻脸,大人来各骂一顿,一会儿就忘了。

姈子说有一次我在院儿里,一本正经地捧着本书给老三讲,讲几句还像煞有介事地翻页,老三听得也认真。姈子奇怪,因为我上学前一个字不认得。过去一看,书上写的是一回事,我讲的是另一回事。这么看来,老三应该算是我人生中第一个读者吧。

我那会儿最喜欢老家来的人,亲戚家的同辈里,我年纪最小,很得宠。以至于我去考就近的小学时,人家看出我啥也不会,最后只问了一个问题:"你户口在哪儿?"我想都没想,大言不惭地说:"老家,农村。"人家就没要我,估计是觉得我智商有问题,不得不去念离家稍远的一个学校。记得到家就挨了我爸一顿好打。

上学后老三来得少了。再来，彼此都知道了男女有别，话比以前少了，更甭提扭打一处。我念高中时，妗子给他相了个对象，但一来觉得年纪还小，二来希望女方多学点儿文化，就把女孩儿送到我家，到我念的中学借读。女孩儿只待了半个月就回去了，跟不上课，口音也实在太重了点儿，和别人互相听不懂。回去后这亲事就没成。

高二暑假，北京很乱，我妈让我去妗子家，我正好失恋，揣着日记本就上了火车。住二表哥的新房，每天背个木篓跟着他们去地里随便摘点儿什么，晚上在院儿里听远处的火车声数星星。心里也没好受，只是自以为好受了点儿。我水土不服，身上起红点儿，他们每天都抢着照顾我，为我专门去买早点，抢着给我洗衣服。后来听说我去之前老三很严肃地和大家说了，谁敢对我不好，他对谁不客气。其实他和我也没说几句话。

他结婚时，也和两个哥哥一样带着新媳妇来

北京转了转，住哪屋我忘了，反正回去也生了个儿子。我妈说住我哥那屋的都生儿子。我妈对老三尤其好，好像他俩的阴历生日是同一天，老三长大后遇着什么事也爱和她商量。

舅舅、妗子觉得给老三找点儿事干，拿钱来北京买了辆二手"拉达"，老三就在县城里开黑车。没开多久就出了事。他没念多少书，不懂法，碰上两个抢劫的包他的车，他只想着自己并没去抢劫，不过是为了养家糊口挣点儿钱，至于别人干什么，他自己不参与就行了。后来这两个人被抓，他被当作同伙也关了进去。妈那几年为这事跑断了腿，四处求人，最后他反正稀里糊涂被放了出来，算起来也关了好几个年头。我再回老家，看见他还开着那辆"拉达"。老三的面相完全变了，小时候的圆脸变长，颧骨突出，像个藏族人，左右脸严重不对称，像两个人的脸拼在了一起。小时候他一直比我矮，现在长到一米八几，动作迟缓，吐字也不是特别清晰，就笑起来还和小时候一样。

那之后他一直过得不顺利，和两个哥哥的日子差得很远。盖了两层房，一层出租，二层自住，也租不出什么价钱。妗子一直给他操心最多，所以也就住在他那儿，但相处得并没小时候那么好，常有摩擦，他也想不出什么办法。前几年回老家给妗子过生日，临走时我嘱咐她说："对老三好点儿。"妗子只是抿嘴笑。后来听说还是吵，家里一直不得安生。去年底老三给我妈打电话，打通了又吞吞吐吐说不出什么，只说"姑你回来一趟吧"。我们都劝我妈别人家的事不好管。

前天半夜接到妈的电话，说妗子让第二天赶紧回去，也不讲原因，只让给二表哥打电话。二表哥说，老三出车祸了，恐怕不行了。大半夜的，挂了电话我就哭了。我觉得老三太可怜了，除去小时候不谙世事那段时间，他就没过过几天好日子。

我到他们县城的贴吧去找，还真有人发帖说晚上八点的时候，他们那儿正修的公路上又撞死人了,是车撞上公路上的一个土包后人摔出去的,还说路障应不应该有明显的标识?我知道这一定说的就是老三了。

我哥带着爸妈中午就赶回去了,给我发短信,说老三死了,下午就火化。紧接着下午发来照片,大表哥和二表哥在拣骨灰。一个人,就这么没了。那么突然。我出门的时候看着天,就想,他昨天出门的时候,怎么知道自己看不到今天的天儿了呢。

哥说老三是骑摩托车,躲对面来的大挂车,应该是压根没看见马路中间黑乎乎的土包,他们那边的路上有没有灯都不一定,就算有,亮不亮也不一定。就撞了上去,车飞出去十米远,他是头着的地,当时人就不行了。

我翻学龄前的照片,好多照片里都有老三,表情专注地看着镜头,而我,不是在吃就是在傻笑。那时候谁能想到虎头虎脑的老三会死得那么惨呢。谁能知道死亡会以什么样的形式在哪一个转角突然跳出来呢。

老三,咱就当是少受点儿这人间的罪吧。

一个早年间的梦

梦见逛商场，LANCOME（兰蔻）推出一种不必用睫毛夹即可刷得极长而美的睫毛膏，免费试的，我当然冲了上去。彩妆师帮我刷，突然他失手，手臂撞到我的脸，我只觉左侧上牙床一阵疼。

我没吭气，毕竟是不要钱的玩意儿，不敢和人计较。偷偷摸索，赫然发现被撞掉一颗牙。令人瞠目的是，竟然是一颗金牙。

我不记得自己镶过金牙，拿着细看，内侧竟然刻着一个日期：7.12。

突然间，失去的记忆全部回来了。原来，我曾与初恋男友结过婚，很多年以前。我们没有买戒指做结婚纪念，为了更深的刻骨铭心，各自拔掉了一颗长得好好的牙，镶上了这颗刻着结婚日期的金牙。我还记起实际上结婚的日期是 7 月 13 日，但因为觉得 13 不够吉利，所以刻上了 12。

但为什么我全都忘掉了？在梦里，我又惊恐又伤感。

难道是因为那颗牙很靠里面，所以忘掉了？不可能啊。刷牙的时候也会看见吧？最次最次，剔牙的时候也会有所感觉吧？而且，如果和一个人结过婚，怎么会忘记呢？为什么而忘记呢？为什么而分开呢？现在他在哪里呢？我们有没有离婚呢？

梦里和我逛商场的女伴找过来，我茫然地随她走入人流中。

所有的事情都要一分为二地看。比如健忘。

因为健忘，我总是重复地干着蠢事，在感情路上不断奔跑，不断跌倒，并且是在类似的粪坑里跌倒。

但同样因为健忘，我可以到自己写的书里去寻求安慰，找出适合疗伤的语言。真好，写书还有这层用处，可以为自己排忧解难。

也只能对健忘的作者才会有这种意义吧。

生命中的花

（不仅是婚前文章，应该也是认识丫唐之前的文章，那大概就是2001年，怪不得看着好陌生，特别想问：你咋啦？谁气你啦？）

生命是一张锦，男人是锦上添的花。

我不是女权分子，只想本分地搞好自身建设，不拖累别人，不给别人添麻烦。男人也别给我添麻烦，人生多圆满。

这种态度也许消极，是数次希望后的失望导致。但现在的我，回看从前的我失落后的狰狞面目，确实带着种种遗憾，为自己现在的改变感到幸运，幸运自己变成了一个与人无干的人。

终于在人生的中段，了解生命是一个人的旅行，如果可以遇到同行一段的伴侣，要心怀感激；若他要向他自己的方向去，要满腔祝福。不追看背影，关起门回顾前尘，无所怨尤。

不是不相信会遇到同一方向的人，但不会刻意去寻找：他来，好；他没有来，我好。

做到自己好，已经足够了。对身外的人无期盼，就无大悲只有大喜。我也怕自己做不到别人所期望，令别人失望，更令我惴惴不安。

我喜欢男人，更多时候，把他们当活生生的花，可远观不可亵玩，他长在别处，兴许是好的；移来我处，或我不能全力关爱，都是不愉快。

花开有时，花谢有时，来有时，去有时。不撕扯，只关切；不纪念，只牵挂；不感动，只明白；不寻找，只记得。

男人在生命中到底有多重要？当然，他的出现令苍白变丰盈，他带来的悲喜都是花朵——各异的花朵。他不是风吹来的种子，会落地生根，他只是一朵花，没有根茎，也无须根茎，我甚至不希望他有根茎、有留下来的暗示。因为我相对于他，可能是贫乏的。人不只需要一种关爱，就如同我这平凡的锦，也不是不盼望更多更美的花偶落。

　　始终还是要强调自己，努力培养出自己让自己开心的方法，让这张锦上，有自生的暗花闪现。做一张织工精绝的锦也非易事，让自己快乐，顺便养别人的眼，于人世是一种积德，戒骄戒躁，任重道远。

巴德岗

到巴德岗没一会儿就停电了。室外尚能看清彼此,于是到咖啡馆露台上的余晖中盯着整个杜巴广场逐渐黯淡下去。黄昏时广场上陆续摆开的摊子迅速在暧昧的天色中隐去,只剩两个不知道什么单位的大探照灯突兀地照射着对面的天空。灯很亮,天空依然很黑。过了一会儿,灯灭了,广场四周几个木质的窗棂里颤巍巍地亮起蜡烛,偶尔从角落里传来几声陌生的呼唤,于是这个夜晚有了一种熟悉的童年味道,仿佛爸妈找我的声音马上会在广场的某一处响起。也许会有小时候的我就答应了。

伙计点上蜡,有风,外面的罩子像我们小时

候用的煤油灯。几个人裹着厚厚的羽绒服和冷风抢时间，在饭菜冷却前迅速将它们转移到胃里。大家讨论着曾经点过的各种灯，我记得一种石灰灯，味道极其呛鼻，也许是那时石灰比较容易搞到。

在巴德岗，停电是自然的、心安理得的，似乎那才是巴德岗生活的一部分，是安逸生活的表现。在这儿不用表，因为不关心时间，困了就睡了，睡在巴德岗最高的旅店里。夜寒，蓬松的被子很暖。醒了就起来了，爬到女神庙高高的台阶上，晒腿。阳光很烈。

如泥人

去年年底在日本,瞄到颜真卿书法展的预告。我问丫唐:"到时候还得来吧?"他说:"不知道啊。"又说,"得来吧,挺难得的。"

然后就忘了,直到网上有人为这个展掐起来,给提了个醒。因为办了多次往返的签证,老觉得差不多的距离,闲来无事飞东京总比飞三亚好玩吧,就开始看票。大年三十我妈不让回娘家,想来初一必然出游人会少些,就订了行程。

东京去的次数多了,慢慢也玩成老三样儿。到银座去 SIX 逛逛茑屋书店;鸠居堂买点儿文具;十字路口买俩大福吃吃;多走两步顺路到松木清把这趟的药妆买了;六本木逛一天美术馆,21_21

DESIGN SIGHT 美术馆总有些小手工可买；表参道、南青山一天；喜欢去 Grye，可惜这次顶层那个微型美术馆关掉了。

大年初一去看颜真卿的人果然不算多，入馆无须排队。电梯处写着看《祭侄文稿》要排三十分钟，实际上也没有，但在作品前面真的只能停留五秒。好东西太不止这一件，还有怀素《自叙帖》、李公麟《五马图》等。我不懂，但能看出特别特别好看。布展很走心，把行书这一枝儿讲得仔细。没想到推崇王羲之的唐朝皇帝的字儿那么好，连武则天都好，大开大合大气象，果然盛世之辉。相比之下，宋朝皇帝气就弱了，至于几乎在每件展品上都能见着盖戳儿的清朝皇帝的字，根本不值一提。

我更喜欢褚遂良。苏东坡说他的字"清远萧散"。不过苏东坡自己的字和这老几位比，嗯嗯……

展览的最后一部分是日本书法家的作品，脉络清晰地展示他们的书法如何受到中国书法的影响。印象最深一位是藤原佐理，据说他的作品流

传下来的多是道歉信，因为做事儿不靠谱。关于他的简介很有意思，说他"如泥人"，就是性格散漫的人。看到这个我突然想，丫唐呢？我走得快，又返回去找他。

展厅里本来安静，突然响起一个高亢的女声，一中年女性大步流星赶上一高个儿男子，呵斥："你就是想把我甩开对不对？"男子无言地看着她，不置一词。片刻，二位被静静请出展厅。我看见丫唐摇头晃脑地走过来，如泥人。刚刚那对儿是平行时空的我和他吗？

初二我们就回来了，我妈说嫁出去的女儿初二得回娘家。家里没有什么过节气氛，吃饭前听见她到我爸屋里说"老赵吃饭了"，如我爸仍在时，吓我一跳，想到节前她说要把我爸请回来过节。丫唐不懂这套，偷偷问我："从哪儿请回来？"我又悄悄问我妈，她说："门口儿松树底下，过了十五再去那儿烧纸，就是请回去了。"

月华如水

从戒台寺出来,沿没有路灯的山路一直往下开,已经是晚上八九点的样子了。

车从戒台寺的围墙外过,听见看门的狗还兀自狂吠。这里是太安静了,静到人畜不安。山路蜿蜒,一个急弯接着一个急弯,甚至没有来车,我的前车灯光孤独地在前方不知道要拐到哪个方向的黑暗里掏了一把,又掏了一把,像胆怯却又贪婪的手。

抬头看见月亮,也许是在山上的缘故,坠坠的亮,旁边那一颗不知道是什么的星,亮到肥美的地步。白天有风,刮出夜晚净亮的天空,山路两旁那些树的黑影,无声无息地轻轻摇动。我把车窗打开,把左手伸到窗外去摸风,手臂被风吹得向后摆。我同风抵抗,一下一下游泳般向前挥舞,如同飞翔。

猛然又拐过一个急弯,意想不到的万家灯火静静地扑面而来。戒台寺所在的山不知道是什么名字,从这个急弯望去,竟像整个夜里的北京都在这山谷的怀抱里。我把车停下,对住这不可思议的美景发呆。灯光蔓延到很远的地方,和平时在城市的高楼上看到的又不同。城市里总能看到清楚的霓虹,但在这远远的山上,所有的灯都只是灯,只是亮光,而没有万丈红尘中的俗气冲天。

对面终于出现了来车,看到我亮着远灯停在路边竟似呆了一呆,也把大灯打开,是突然醒悟这本是不安全的山路。我又向前驶去,用更快的速度,耳膜也像飞机下降中那般紧张难受。一路上,随着一个个急弯的驶过,城市里的灯火忽隐忽现,终于我来到平地上,从后视镜里找山上的戒台寺,却是什么都看不见了。

他一定要住到戒台寺去,因为那里安静,也

令他安静。整座寺里只开了这一间客房。他说昨天是"十五",很多人来上香,但晚上又冷清了。晚上我随他去冰冷的餐厅里吃饭,旁边有一桌人——是吃晚饭的服务员。有素菜,我们点了一个仿荤的,不知道既然要吃素,为什么还要做成荤菜的样子。

这一天是惊蛰,虫蛇苏醒,又要再活过一年。我想生命的方向总归是不同,自此,我的话便少下去了。

厦 门

几乎要放弃去厦门。因为来之前的那天发起低烧,喝了感冒冲剂,睡,汗,梦。

醒,喝水,难受,热度有点儿上来,再睡,再梦。

再醒,恶心。

又睡,梦。

醒来似乎好一些,煮方便面,泡澡,看杂志,汗也没怎么出来。还是决定去。因为退票也是件很麻烦的事。

厦门很冷,听说是十年来最冷的冬天。打车到厦大的海滩。司机说:"看,对面就是金门。"下了车,在风里看了很久。很近。几乎可以看到岛上的字。因为听司机说了字的内容,就觉得真的是自己看见的。

有一个梦是这样的：类似从鼓浪屿轮渡上岸的场面，一群人鱼贯而出，安静，不算无秩序。

此时，突然听见哗哗的水声，确切地说，是尿声。

大家环顾四下，看来看去，发现是我，一边走一边若无其事地撒尿。

当时我想：呀，被人看到了。

大家都沉默，哗哗的尿声在继续……

我想这是因为潜意识里对最近的生活有力不从心的失控感。

槐树花

春天的花,一茬刚谢,一茬始谢。

北京,樱花刚落完,剩下狠狠的绿树一棵,马路旁边的槐树花又开始散发独特的清香。如果你与我年纪相仿,应在少年时摘过槐树豆,给大西北的少年朋友寄去以建设绿化带。

那时天冷,穿着棉袄棉裤,哆哆嗦嗦上了街。槐树倒是满街都是,可槐树豆在树端,不知道该用什么器械把它们打下来,拿着家里的晾衣竿就去了。但晾衣竿的钩子是冲上的,怎么也刮不下来,想在路边捡点儿,早被手脚勤快的捡走了,很沮丧,杵着晾衣竿在街边伫立。

但槐树花很可爱,形状各异,如一颗复杂的

心脏,白中带隐隐的绿,看上去很干净。快入夏时,满街清香。念书时候,每到下午就奄奄一息,偶然有风,风里有槐花香气,竟悠悠还了元神。下课忙不迭跑到老槐树下,老槐树很粗壮了,不像新槐因年轻而傲气,树枝高高伸向天谁也够不着。老槐树岁数大,懂得含蓄,树枝亲和地低垂下来,伸手便可触及。我们摘下花来,闻着闻着,便不由自主往嘴里送去,不苦,有点涩是真的,但入口有异香,好吃。

其实很多花是可以吃的。夏天,路边种着串红,瘦长的花瓣裹着一颗吸管样儿的芯,拔出来,花瓣里那一部分是白色的,嚼一嚼,虽然不香,但很甜。年纪小,不懂得品,觉得甜就是好。

但因为不喜欢红色,觉得俗,还是摘槐花吃,不俗。

树上的花,总是纷纷地落,槐花也逃不过这命运。五月末北京的街边,槐花的干尸堆得满地,它的花瓣又小,总是落在地缝里,干了,发黄,像不够深刻的凡俗爱情。

很多花，开得嚣张，样貌味道无一幸免。其实香气到了一定地步，就接近于臊气，跟人一样。

槐树花，是小家碧玉吧。那个小，是童养媳式的小。

旧

大概去年买的"恒源祥"的棉袜子,刚泡脚时脱下来,发现脚底磨得几乎破了,就扔了。

最近发现很难扔东西,因为从小受的教育,不破不坏的没有理由扔,好不容易看到这袜子破了。

越来越多用了五六年乃至十年的东西,或者穿的衣服。早已不是长身体的时期,也过了买不起质量好的东西的时期,于是买新东西的频率慢了下来。其实像好多时髦人士的概念,并非破了才扔,而是过季即扔,但我还没到那个境界。这个年纪,小时成长环境的影响日益突显出来,始终从哪里来的就是从哪里来的,我觉得我越来越像我姨。

  其实应该说像我妈,但又觉得总归是很多地方不像,所以不如说像其实很像我妈的我姨。

雨　后

大雨不知何时停了。

想起头天阿姨说，院里埂上的水萝卜种得太密，需要舍弃几棵，才能给剩下的留出足够空间生长。微信跟我妈确认，她说是，要间一间（这字是我猜的）。

像小孩儿在某个阶段顺风长，夏天里的作物在每场雨后也会长高一截子。地湿得透，轻轻一拽就拔出来了，有些根上玫红的萝卜已经成形。我怕蚊子咬，套了长袖长裤，就势把杂草也拔一拔。

草坪很难养，但杂草从来都长势喜人，稍不理它，就把作物淹在其中。据说监狱里的犯人最怕被分去拔草，一天分一溜儿，看着没多少，真拔起来才发现怎么也拔不净，直到回监都不一定能拔完。

果然，我把粗些的蒲公英拔掉，还扯了好些满地爬着长的藤蔓，仍有大片常见的小草细密地花插着，它们长大了就是狗尾巴草，能长到半人多高。

我就放弃了，反正横竖拔不完，下回再说吧。回屋，袖子上沾了泥，只得凑一锅衣服又洗。每天好像有干不完的活儿。除了正事，啥都想干。我甚至买了花绷子，自学绣花。

回我妈家，她的地倒是规置得很好。她从来不会也不愿意使唤人，但这些年，光靠自己是种不动了，我也不好意思叫她麻烦保姆，毕竟找人来说的是照顾老人，不是种地，就一直劝她把地平了省心。好在找过的几个保姆都还愿意干这些。

我和她到后院去取给西红柿搭架子的木板，她一路扶着旁边各种能抓挠的东西、扶手、栏杆，踉踉跄跄的。我问："你什么时候腿脚这么差了？"她说："也不是不能走，但扶着不是稳吗？"我问："那上街怎么办？"她说："推你给我买的买菜车。"我说："你就不能挂个拐杖吗？"她说："不。"

真是倔强。她这人有多好强呢？报喜不报忧是一方面，还经常说她这个同事下不了床了，那个同事能下床但下不了楼了，以此证明自己特别能个儿。其实拄拐是为自己方便啊，但和她说不通，我已懒得再说。略微悲伤的是，她的心还是特别活泼，困在不得劲的躯壳里，若身志双残也算一种平衡了。

对我，记忆与季节、天色、气味相关。夏天雨后黄昏的燥热有一种令我迷恋的从前的味儿。拉着我妈的手回家时，看见马路对过儿有个老头儿穿着跨栏背心往这头儿走，就觉得，这明明该是我爸走过来呢，那件背心必须是晃荡的，泛黄的，还有几个窟窿眼儿，当走到面前，他还会讪讪一笑，应该再摸摸脑袋，裤兜有包香烟的轮廓。他这辈子没戒了烟，以为我们不知道呢。有一年我带他俩去杭州玩，下了飞机他说去看看大年怎么还没来，就溜溜达达到大柱子后面，一根烟的工夫（而且是快速地嘬完的速度），他若无其事地回来。我若无其事地问："抽完了？"

他装傻："什么？"

我不是诈他，是真看见了。他自作聪明躲在柱子后面抽，不知道身后的玻璃上全映出来了。我和我妈哈哈笑起来，懒得讽刺他了。

掠过这样的一些感受。

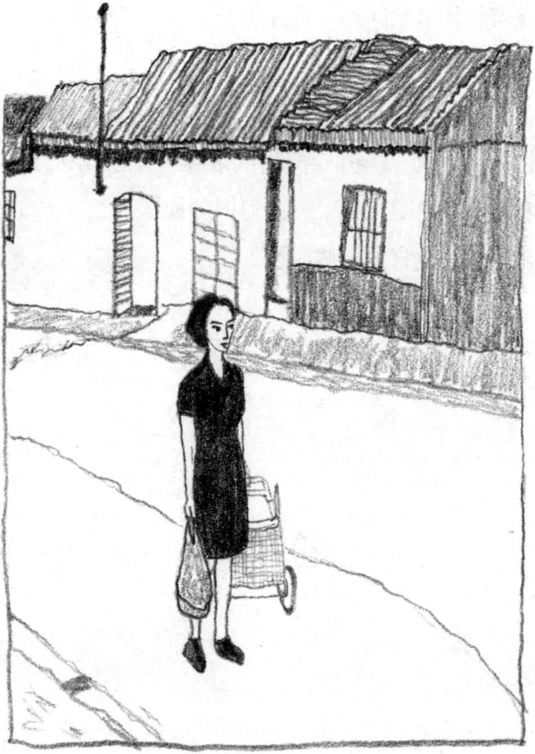

Chapter 02 看闲篇儿

读书令人伤感

终于在长时间的无聊中挤出时间看完《人造卫星情人》和《刀锋》。

明白了为什么总是有大把时间无聊——因为做事情太快了,手脚太利索,总是飞速地干完活儿,再飞速地转身到无聊中。

所以我的无聊繁重而茫然,那几乎是天生要背负的一种使命。无聊于我是一种常态,待在里面安全。

但,我为什么做事快?还是因为内里有苦苦挣扎的底层气质——从没学会去浪费时间和金钱——我不认为拥有或者谁能提供给我可浪费的资源。不浪费,因为浪费不起。渐渐成了习惯,低眉顺眼地高效完成，不给别人或自己惹麻烦。天生的婢女情结。

我大概知道影武为什么在我说喜欢木讷而天真的男人后推荐我看《刀锋》。失去是早晚的事。或者说，失去的东西从来也不是我们的，都只是人家自己的。

我们只是喜欢，在那上面投注了自己的喜欢。应该时刻提醒自己，喜欢的人物事，并不会因为我们的喜欢而就是我们的，从来也不是。

要提醒自己知足。也许有一天，连喜欢的能力都没有，那时，该想些什么来令自己知足？总算喜欢过？

前一阵子和朋友一起聊天的播客《后文艺生活》停播了，想起毛姆的话："一个人能观察落叶、鲜花，从细微处欣赏一切，生活就不能把他怎么样。"把这话分享给大家。

为爱而声

一次,看海涛的网易歌单,各种英文流行歌里,夹了首卡拉斯唱普契尼的《我亲爱的爸爸》。

我问:"你听卡拉斯的时候,会想起郭兰英吗?"

海涛蒙了:"没有。"

卡拉斯歌声中的质朴,总会让我想到郭兰英,乃至广袤的大地。

若说有些人情感大于唱功,那她俩在我心中,真是用生命在歌唱,带着全部的生命的力量,撞击心灵。

《卡拉斯:为爱而声》(*Maria by Callas*)在中国的票房是七十多万。今年院线的整体票房都不好，卡拉斯这部也是预料之中。

但我去看那场，下午，还可以，坐了四五成，还碰见丫唐他们楼的退休夫妇。他们楼大多是文联的老人儿，现在的坐骑基本是轮椅。一到黄昏，楼下小花园里挨一排。最近丫唐身体不舒服，平时看不出来，反正一走道儿就不舒服，我说："要不然我也整一轮椅推你吧，不走道儿不就舒坦了嘛。"

扯回来。我们这场观影平均年龄应该四十往上，过程中身后的邻居不时发出惊叹。我从没觉得卡拉斯美，她长得有点儿怪，鼻子太大，全片最美的镜头是她接受电视采访时，因画面过于模糊，鼻子处几乎白茫茫一片。早年间她妆感浓烈，时常介于美与不美之间，大概就是奥黛丽·赫本和艾米·怀恩豪斯之间。她的表情时常从优雅向尴尬滑去，后来时代变迁，流行的妆感不强后，看上去倒更放松和自然。

很多人把她说成情感中的失败者。然而情感中什么是失败？没修成正果就是失败？太狭隘了。

当娶了杰奎琳后并未感到幸福的奥纳西斯在她家楼下吹口哨的时候,六张儿多了,楼上拒不相见的卡拉斯也四张儿多了。可这令人纠结的复杂的甜蜜,能用失败或成功来衡量吗?爱就是没有得失计算。真美。

我想卡拉斯不是死于心碎,而是死于心衰。她的每一次歌唱都像用刀把生命割下一块儿,融化在沸腾的情感中,我们在欣赏她歌声时所有的被打动,都是她元神的碎片。她把自己一点一点给完了。

试问谁心里还没个打火机了呢？

睡前看丁天老师新书《活过》里一篇《障爱》，写女孩儿和现任去看电影，说起曾送给前任一个打火机，到影院看见在卖电影周边——打火机，问现任要不要，现任拒绝了。其实心里特别拧巴，也不是说想要，就是越发觉得那个打火机好。

这本随笔集不知道收的是哪些阶段的文章，前后不同，前面诙谐邋遢帅，后面之深情走心，令人不禁要重新认识一下丁天老师。

谁的心里还没个打火机了呢？

早年间，在下还以为恋爱大过天的青年时代，身边人有一只心爱的Zippo（芝宝）打火机，银色，刻着个戴帽子撅着屁股点烟的俏皮女郎。那会儿大家都穷，用用一次性打火机得了，能有个当时来说着实不算便宜的正版打火机，很珍惜。他也表达过很多次喜欢，说虽然丢三落四，但这个打火机在身边很久了，无论如何也不会丢的。

然后就丢了，那天他很沮丧，说应该是在三里屯买烟时落烟摊上了，回去找，没找到。

那时我们已经分分合合过几次，不要说别人，自己都不相信分手是真的分手——分手难道不是为了更用力地在一起吗？

我就想，一定要买个一模一样的送给他。放进此生必须完成的愿望清单里。

然后就真的分手了。一开始也以为和前几次一样，还会再在一起，别闹。心里排练过无数次：把一模一样的打火机若无其事地递给他，那他当然就感动了，知道我是多么在意他说过的细节，然后就又在一起了，必须的。

但就是找不到了。后来时代出现了易趣、淘宝，我曾几个小时坐在电脑前一动不动地page down（向下翻）那些大同小异的图片，也因此知道那一款叫"风中女郎"，也有各种复刻版。但他丢的那个的细枝末节我太熟悉，没有，就是没有一模一样的。不是凸刻的，就是多了几个英文字母，还有带颜色的，或者大小比例不对。

慢慢有了积蓄，开始出国旅行，每看到Zippo的柜台都会去找。没有，就是找不到。

老记得程蝶衣说："说的是一辈子，差一年一个月一天一个时辰都不算是一辈子。"我也是偏心起了，必须一模一样，多一笔少一笔，都不要。

其实已不是想再在一起的状态。早又恋爱了，后来又结了婚，但那个打火机，让我觉得心里有一根刺。

十几年来，有些晚上闲得没事，抱着"我还不信了"的心态，再去淘宝上找，更多个小时一动不动。没有，就是没有。咋的？这回信了吧？

渐渐就明白了，在这个世界上，只要努力，还真有些事是达不到的。我们必须接受，付出努力不是得不到回报而是压根儿就不存在回报这回事的现实。心里有刺拔不掉吗？那就用后来各式各样的经历与心情去软化它,让它成为你的舍利子呗。

到今天,路过 Zippo 的专柜,我仍会习惯性地瞥一眼(当然有时赶时间也不瞥),下意识觉得它和我是有关系的。很多人事物,能让你明白点儿什么。就算不认识、没经历、不曾拥有、达不到,一样是有关系的。

今天我们成了微信上基本互不评论的朋友,没有屏蔽(当然分没分组不知道啊),就是还能看到彼此一路在中年的道路上驰骋。挺好的。

毕竟对我来说,在这个都只是存而不是牢记对方电话号码的时代,还能脱口而出对方电话号码的那类朋友不多了。要珍惜,占个坑儿。

说回丁天老师这本书啊,写得好,写得让人觉得以前对丁天老师不了解,那就是真好,是提高了一个"凳次"了。因为这些年慢慢懂得什么是好的写作了,也就能看出来什么是好的写作。为什么写得好了?不是为争气,是因为要脸,不愿意在一种为了听掌儿而写的状态里,就这么素净的好了。

《至味西关》

那天向人推荐黄爱东西的新书《至味西关》,说写得很好。人问:"卖得好吗?"

我想了想,"豆瓣"因为评价人数不足,现在还没有评分。也许她的读者并不是豆瓣用户。

对方感叹:"现在写得好已经不是卖得好的基本了。"

我也不知道说啥。

然而我很喜欢这本书,是这几年来唯一二刷的书。

也是没想到,黄爱一个学生物的,感兴趣的植物是蔬菜,动物都是可以上桌的肉类。不知道是学生物的容易这样,还是广东学生物的容易这样。

写这本书她下了好大功夫，查阅很多文献，拜访粤菜名厨，所以满是妙趣横生的知识点。我现在记性不好，二刷主要为了拿小本本记下来。

比如请人吃蛇，还要同请洗澡。因为蛇羹吃完会出油汗，黄的，还黏，所以主人要备白衣，凸显功效大。

比如小流氓去饮茶，女堂倌问饮咩，小流氓说普洱，小姐姐笑说不如水仙啦。因粤语发音里，普洱如"抱你"，水仙近"死先"。

比如豪门为显人丁兴旺，会在少爷名头前面加个"十"，三少直接变十三少，也因怕去烟花柳巷的事迹传到长辈处，一耳朵就听出是哪一个。

比如嫁女回门，婆家必须备烧猪随行，否则就是暗示新娘不贞。

只这些小知识并不足够构成一本好书，更吸引我的是她字里行间的豁达。黄爱的语感本来就自成一格，年轻时在扉页签名最爱写："流光容易把人抛，红了樱桃，绿了芭蕉。"现在爱写："花好月圆"。看，就是这样把人生过得花团锦簇后又圆润大方。

很喜欢这一段：

> 这个城市不太仇富，粤谚里有合理化解释："不是猛龙不过江。"外贸鼎盛的十三行时期，四大首富里没有原住民，福建的居多，只有一位祖籍广东新会最早还只是个特别靠谱的店铺主管，后来才做的行商。
>
> 还有一句是"小富由俭，大富由天"，这话听着让年轻人气闷，却是以退为进。
>
> 关于人情世故，也没啥非黑即白，相当之不够快意恩仇："曹操都有知心友，关公亦有对头人"，"做人留一线，日后好相见"。
>
> 然则在一个资深商埠码头里，这些话更像是个老江湖给徒儿们留下来的生存通关诀窍。
>
> 如果按现在的网络游戏设定来看这个城市，或者这个城市的居民和角色扮演，可以

简单粗暴地分成三个群体：管理阶层、资本玩家和产业链人群。

原住民也好，新移民也罢，大部分是产业链人群。某门生意火爆，紧接下来和这个生意相关的一系列细化和环节链条，会一夜成型。而一旦势颓，则顷刻散去理所当然。

粤谚里面无表情地形容说："三更贫，五更富"，"风吹鸡蛋壳，财去人安乐"。

嫌赚得少了，说一句"打场大风，执片树叶"。意思是，你看来了场台风才捡了片树叶。古法"鸡汤"有简单粗暴的安慰："命里有时终须有，命里无时莫强求。"把事情往玄幻不可控的命簿里一放了事。

致力于在商贸流水大平台上存活发展成为服务链条中的小环节，也许是个相对稳妥的选择，风险可控尽量保底，小本生意求个安身立命，时来运到亦能振业兴家。

不可控的事情多去拜神，各路神祇有本土的有海外的，众生念念有词做足功课，尽人事听天命。

可控的是自家一日三餐,衣食住行,但求劳作之后一家大小茶饭之时,既无远虑,亦无近忧,平安快乐,谓之安乐茶饭。细说起来也是小康,同样需要努力和幸运。

于是乎,粤地港地大部分人都在致力于过好自己小日子,埋头专注细化到每天和每一餐。无论家中厨房或街外餐馆小食,画风大概都有这句潜台词:你搏你的泼天富贵,我求我的安乐茶饭。呃,老板,您要不要来吃点啥?吃总是要吃的,喝也总是要喝的。

这座没有冬天的多雨城市,天际时常会出现富贵的彩虹天梯,地上则由万家灯火的安乐茶饭托底。久而久之,资深市民们都知道,你可以试着去登天梯,也可以如常忙碌营役,坐下来扒饭,站起来开工,继续攒积分。

世间做人的路既然不止一条,而是有的选,那走起来会心平气和得多。

是不是？简直三个大字：聊得来。

在我认识的人里，黄爱是个抢先入世又抢先出世的人。刚认识的时候她已储钱买楼，我就不懂，买那玩意儿干啥。现在知道了，她就是穿越回来的，步步先机。现在养花逗鸟，不为俗事扰，处处又诚恳通达，时不常聊几句，话都妥帖明白。

你说人这一生怎么算好？我理解就是这样：大风大浪经过，大鱼大肉吃过，清粥小菜当下，"今年树上胡桃，胜似去年柑橘"。

金缮·痛苦与荣耀

去年,日杂店"失物招领"的珊珊推给我一位山东朋友,把要缮的东西寄他,他回一个统一格式:大概三个月,不要催,写清自己地址,寄回时会附上具体费用,微信转账。

修过两回。第一回是画着金猫的赭色猪口杯,直接贴着猫鼻尖摔成齐齐两半。补回来一看,就是贴着鼻尖一条大金道子,不好看,可也想不出还能怎么缮,用锔钉更不行,直接打猫身上了。就放起来了。

后来丫唐又把"春芜秋野"的小碗摔成大小几块,吃完饭拿去厨房水池时摔的,还有油,不好擦,我就都捡了包起来放橱柜里。过了一阵,还是拍了照片问王先生:"能缮吗?"他问:"都在?"我说:"都在。"他说:"可以。"

三个月后收快递,这回一看,美到了,顿时想学。丫唐在网上买书时顺手加上一本《金缮:惜物之心》。

前三分之二,都是介绍日本出售金缮器物的小店和店主,可当旅游书看,下回拿去寻宝。后三分之一,以手绘的方式,图文并茂讲解金缮方法。作者小泽典代,译者邓彬。才知道金缮起源于日本。

作者和译者都说,金缮的手法并不难,难的是审美。比如不一定非要用金,引古代绘画的配色说若器物的颜色更搭银色,也是可以的,甚至红色。我就想起那只猫杯。

邓先生还附了一本薄薄的小册子,讲述他对金缮的理解,说:日本人用黄金的本意在于面对不完美的事物,用一种近乎完美的手段来对待,虽然用金不是太多,但是金代表一种姿态,即使用世上最贵重的物质来弥补缺陷……并非把残缺掩盖,而是要凸显残缺。面对残缺,该以怎样的态度来对待它，这个很重要。

　　器物的意外破损，大而言之也是经年累月中世事无常的一种体现，是器物的主人惋惜那一刻时间的流逝，或是对于不可逆转的破损感到无奈，对注定的结果心生敬畏，又或是因为不能再与器物如常相伴而感到悲伤……但如果不是如此这般的情感纠结在一起，可能也就不会想到要去修缮这件器物。这么说来，汉字的这个"缮"字，或许刚好体现了百感交集、欲善其物的意思。

　　第二天看了阿莫多瓦的电影《痛苦与荣耀》，很多人为他在戛纳输给《寄生虫》而不平。好在班德拉斯得了最佳男主。这回他放下了自知的倜傥帅气，带着一种蹒跚的、湿漉漉的气质。

　　我最喜欢那场同性爱人泪流满面地看完他写的关于他们年轻时爱情的话剧后来找他的戏。

　　诉说了漫长的思念后，他们在分别时拥抱，热吻。

　　爱人问："你想要我留下来陪你睡吗？"

　　他湿漉漉地微笑拒绝了："当然想。但我们

还是规规矩矩地把我们的故事了结吧。"

如果他接受了,那是将逝去的爱金缮了吗?真的更美了吗?

但不离开,重新在一起,就是更好的结局吗?真正的爱,会是善终的吗?也许那些被上天赋予吻别的,才是永远吧。

书里说,缮完的器物,失而复得,要继续使用。我才想到,修缮过的杯碗,都被我束之高阁。不是不爱了,是因为以金缮后,觉得它们不再是从前的它们。这样不容易地被修复了,怕再次碎了。是生了自己都没意识到的敬而远之的心。

合上书,把它们又取了出来。努力用和从前一样的态度去对待,才让修复实现了价值啊。

而缮好却再次碎裂的器物,还能再缮吗?

《北京纪事北京纪游》

是有一天在北师大湛老师微博上看到她在看，贴的片段很有意思，就找。2008年的书，印了四千册，最后在"孔夫子"找到了。

小栗栖香顶是清朝时日本净土真宗东本愿寺派（现为大谷派）的僧人。彼时洋教在日本盛行，他来中国寻访名刹高僧，以求护法之策。这本书记录他乘船一路周折来到北京，幸遇龙泉寺法然和尚指点，在寺边的清慈庵住下，学习中文、北京话，师事本然的过程。

书的前半部分是口语体的《北京纪事》，后半部分是文言体的《北京纪游》，内容基本一样。先用文言写了，再由本然转写为北京话。小栗说是专为来北京的日本人写,为方便其生活,不至于像他那样孤苦。

他这一道儿是够苦的。遇着形形色色的人,有寄住庙宇赶考不中而归的举子;去拜佛还想看看外国人啥样的官家太太;拍胸脯自吹自擂向小栗借钱的私塾先生;怕揽事儿不肯帮他存行李的住店老板;收钱照顾他衣食住行却一直吃葱蒜熏得小栗非常痛苦的帮佣。应该是不得体的人才值得一记,只有本然是个很好的人。这日本人真是不容易。

最生动的还是湛老师贴出来的"妇女哭儿"。七月十五,有个妇人在小栗居住的清慈庵门前烧纸,哀哀哭曰:

> 小孩子为甚么死了阿?我没有别的小孩子阿,但有你一个人阿,我从养你以来阿心里乐阿,念念[年年]怕你有病阿,天天望你成人阿,作衣裳阿,想给你穿阿;买东西阿,想给你吃阿。你面尔似乎月亮阿为甚么

快亏了阿？又似乎花而树阿为甚么快落了阿？天帝阿！天神阿！没有慈悲阿！为甚么没有救他阿！城隍庙阿！土地庙阿！不知人情阿，为甚么夺我儿子阿！京中没有好大夫阿，我没有法则阿。小孩子阿你为甚么舍我阿！我往后靠谁阿？三界阿六道阿，你那里去阿？佛爷阿！菩萨阿！请你接我小孩子到了西天阿！

后来，有人过去把她搀走。小栗想：原来中国女人哭儿的样子和日本不一样。

我见过葬礼上号哭。其实和死者关系不好，却几乎是过程中哭得最卖力气的。问为啥，答不能让别人在礼数上说道出什么来。很微妙的心思，是一种对空洞麻木的过度包装。"妇女哭儿"这种亲生亲养的指天骂地才让人动容。

小栗学了一年，回去日本。两年后在上海创建了首家日本净土真宗东本愿寺别院。

《请勿离开车祸现场》

终于又看到叶扬出了新书。还是那么丧,切肤丧。

你清楚自己是什么人,不是高功能反社会人格,就算有艾斯伯格综合征也只是轻度或中度的,总的来说,你是带有些许强迫症的控制狂。你迫切地想靠一己之力把一切纳入既定轨道……这愿望比一般人更迫切……最初,你以为是因为你比别人胆小,对失控的事物和人心怀恐惧,对突发情况缺少应变机制,所以你需要学习、演习确保对各种状况都有解决方案。过了几年,你认为是因为你比别人急躁和任性，更倾向于效率主义。再后来，你发现你在意的不是效率，寻求的不是完美，是精准，你不介意bug、错误，但它们必须出现在你认为可能出现的地方。有了意外，你不能拿错误们或者别的人怎么样，你会感到心里、大脑的某个地方被燎掉了一片血肉。抑郁带来的问题是，它将容错的理解力与耐受性进一步缩小。桌上突然出现的花都会让你感到后脑勺到后背紧贴着一具丧尸，让你只能呆坐着……你像是为了解开某种诅咒而绑住了自己，心在收紧，时间却被空洞地拉长。

你看，病友。

我最喜欢《我们是怎么走到这一步的》。当她发现她开始向合同对象，即她选择的并不爱的丈夫有了情感的要求后，她要离开。

因为爱意味着厌倦。

想起一个生活中的朋友，一个曾经混吃等死

后来却变得机械而有力量的女孩儿。目标清晰明确，过程不容打搅，她是怎么走到这一步的？她的家庭为此又要付出什么？生活中我们因为各自的家庭变化，比如结婚生子，易地而居，渐渐不像以前那样无话不谈，只是远远地关心，知道彼此还是对方最好的朋友……之一，但有些话不能再像以前那样张口就来了。她要操控自己生活的一切，冷淡甚至冷血地，似乎看不到她的乐趣，其实她有，只是我不再能理解或者够不着那个高度了。

真是令人伤心啊。

《游侠小木客》

熊亮的漫画《游侠小木客》,两册:《桃花源迷踪》《可怕的预言》。

木客们居住的机关重重的复杂世界,会令人想起《镰仓物语》,就着急:熊亮啥时候拍动画片啊!画得太美了,又是特别中国画的手法。勇敢的小孩儿,善良的小木客,功能和形象各异的充满想象力的角色,拍出来一定是巨制啊。

这半年来,我常常在睡前听几个英语童话催眠。以前没注意过,有些童话,真是悲伤到让人只想睡去。我问丫唐:"你知道有些童话是非常悲伤的吗?"他说:"知道。"

我问过几次:"我给你讲个童话好吗?"

他说:"不。"

小时候看那么多公主王子的童话,只有《海的女儿》给我被击中的感觉。可能从那个时候就认定,奉献和牺牲才是真正的爱。

最近身边有很多事情,其实心情是烦躁的,会长时间地看阳光的挪转,直到天黑。

但是,还是要咬牙坚持呀。

一个人,一个公众号,如果不曾和你谈及阅读和音乐,那样的存在,就干巴得如同盐碱地一样。

《桃花井》

去年除夕去洛杉矶。过海关时,窗口里的白人男子嘻嘻笑,好像在问多可笑的话:"去过武汉没有?"

"没。"我摇头。

出关很快,外面很多人等车,都没戴口罩,我俩也就摘了。很久,庆年的皮卡才出现在乌泱乌泱的车道上。笑笑,也没什么寒暄。

上车后庆年开始接一位大姐的电话,免提,嗯嗯啊啊的。他脾气好,颇有些当地大姐需要这么一双耐心的耳朵。

听了一路,都是些鸡毛蒜皮的小事,不熟悉的以为是没话找话。可能确实是,说不定一边做着饭、浇着花或者也开着车在免提。我和丫唐故意不时笑出声,大姐终于注意到,问:"你车上谁啊?"

庆年就让她猜,大姐听有男有女,知道我俩来了。想着爱开 party 的大姐准保要顺势张罗,谁知她说:"哎呀我有点儿感冒,等好了咱们聚。"

晚上和庆年吃的涮羊肉,商量哪天去给大伯拜年。庆年联系完说:"大伯和大伯母又去 Vegas(维加斯)过年了,回来再说。"

咦。不由得我俩不嘀咕了:因为我们从国内来的吗?虽然北京不是疫区,但总归隔离一下再见,对人对己都好。但买的十天往返票,这回恐怕是见不着了。

没想到三天后收到通知,航班取消了。我俩还有点儿高兴,反正回去也开不了工,多玩几天也好。问美航可以改订啥时的票,一竿子推到十月。"神经病,"我说,"就退掉改订国航三月的 CA888。"

这下要踏实些待着,先去囤了洗漱用品,又

把冰箱填满。再翻架上的书，不多，有本《桃花井》，大约三年前大伯强烈推荐的。他说作者蒋晓云是他的干女儿，写得很好，嘱咐我一定要看。但别人说一定要看的，我一般就先放到一边。属于没到吃药程度的某类大拧巴。

先把《燎原说画——近看西方现当代艺术》看了，图文并茂，用一种门外汉如我也能看进去的轻松文字，介绍了很多当代名家的来龙去脉。不仅说画，也像说旅行，在当代艺术中旅行，好好。

又拿起台版的《周作人散文》。看了几天，跟强烈推荐的丫唐说："我还是准备再老点儿再看它。"

老全也来了，他在旧金山有朋友，跟对方约了在两地之间的 Vegas 见面，对方说订酒店的事宜全权交给我们。可临要出发，突然说老婆死活不让去，过一阵再说吧。

老全也感受到了我们的感受，慢条斯理问："这是嫌我们吧？"

"你说呢？"我开始看《桃花井》。

天气挺热,下午要把窗帘拉上。我每次去美国,都很长时间倒不好时差,三小时一醒,睡眠切稀碎。中午起来,下午用来上网,补新闻,直到黄昏凉下来了,才到阳台上打开书。

《桃花井》,第一篇《去乡》,是蒋晓云在20世纪90年代写的一个小故事。乱世之中,丈夫揣着妻子塞了金条在柄中的雨伞离乡,想着熬几年便能团聚,在一个平常夜里只身天涯。

故事可以完,也可以不算完。作者在后记中说,1996年父亲去世,从此再没有人给她讲故事了。出道即获三届联合报文学奖,曾被认为才华媲美张爱玲的蒋晓云,选择过起父母在世时希望她过的踏实日子,直到2010年。

我们仨按原计划出行,住在"威尼斯人"。丫唐搜了玩二十一点的秘籍视频,我背熟了,每天拿二十美元下楼,愣能泡到后半夜才花光。老全虽然约等于不会英语,也悄眯眯半夜摸下去试手气。Vegas的酒店,为了让人尽可能地经过赌场并停留在那儿,动线设计极其复杂。他找不到房间,终于逼出了自身潜能,抓住一个工作人员,掏出房卡:"Room! Room!(房间!房间!)"好歹给送了回来。

接到国航通知,除凌晨的 CA984 保留,每天的另两趟班次全部取消。我终于开始不稳,但也没啥办法,接着改,改成四月初。

回到洛杉矶,接着看《桃花井》。

2010 年的蒋晓云,"不但是父母双亡、年过知命的'孤儿',还成了退休的空巢老人"。于是又提起笔,为中断了三十年的旧作注入"黑玉断续膏",《去乡》中的人,各自有了大结局。

第二篇,《回家》。第一篇中去了台湾的杨敬远,坐足了牢,变卖了全部家当,终于登上了回归故土的飞机,去见他的结发妻子和后人——那花下的人还能不能坐在一处呢?

> 两老的这一面却最终没能见上。
>
> 敬远病在途中,死在乡下祖籍。城里他一手设计监造,却已片瓦不存的杨家花园旧

址也并没能亲临凭吊。可是这苦人含笑而逝，结发妻亲生儿围绕送终。他到死没有松开紧紧握住的亲人的手，是四十年错过的亲情他要带了走。返乡前他原来日夜惭愧自己的潦倒，担心儿子会对他的拮据穷困失望，不意他相当台北阔佬顿饭之资的几万台币积蓄竟让儿子全家觉得前半生吃的苦都受了补偿；他原先又最愁烦妻子秉德要看见他的龙钟老态，不意磨难已使她全盲。劫后重逢的某一天，秉德粗糙的手抚遍他的脸，轻轻地说："你有胡子。"他们洞房次日早上，新妇黑白分明的美目瞟一眼涎过脸来的新郎官，她也是说的这么一句话。

我眼泪就流下来了，把书放到一边。

手机在藤椅的扶手上。刚刚接到通知，所有CA984取消，恢复CA988。这意味着所有要返京的人，回到了全部没票的同一起点。

太阳还没下去，月亮已经很高，天上的云罩

着粉色的边。对面的道旁，来时树枝干巴巴的洋红风铃木已开出满树的花。属紫葳科，和樱花一样先猛开花再猛长叶。

厨房传来丫唐叮咣五四的炒勺声。曾抱着玩闹心态瞎晃悠的他，有没有也开始焦虑呢？

我明白了大伯为什么会那么喜欢这本书。不只是干女儿的原因。

曾经他与三弟（丫唐的父亲）去台湾，不过二十岁左右意气风发的青年，因为躲避白色恐怖，临行前妈妈塞的一根"小黄鱼"金条却只够在黑市换一张回大陆的船票。两人也是在那样平常的黑夜中匆匆告别，无法料想再见已是三十多年后。

大伯乐观，只提开心的见闻，受过的苦闭口不谈。到了可以见面的日子，我特意换了件新买的白色羊绒衫。他和以往一样，拿出各种我没见过的零食。用手撕太粗糙了，他用小剪子仔细剪开口。其实他视力很差了，但仍能盯着人侃侃而谈。聊得兴起，我突然想起一件事，翻手摸到后脖领子里，果然忘了剪商标，拿起面前的小剪子，反着手剪下来。脸上仍是不动声色的笑意盈盈。不爱求人,尤其在长辈面前,更不好意思让别人哪怕是丈夫给剪下来。

《桃花井》中,杨敬远去世后,开始发展他在台湾仅有的朋友李谨洲的故事。性格外向、自信满满的谨洲也回到老家,被人设计拉了很不般配的续弦。从一开始自以为的运筹帷幄,到渐渐丧失优越感。不快活,但也能说服自己凑合下去,总算身边有人照顾,总算手里有点儿钱被人算计,也就多少还被人重视(忌惮)。他以为是叶落归了根,别人眼里也就是个有点儿小钱的台湾老头子。最终他在家乡去世,倒是投身过新形态的烟火气中。幸或不幸,总算热闹过了一场。

之前丁天曾有研究台湾人物的朋友发来一份扫描件,是大伯在绿岛服刑的记录。丫唐发给大伯看,大伯只是惊讶了一下"这也有?"并无其他感慨。九十多岁的人,往事太多,时间已经久到令大事化小、小事化了,还不如他兴奋地介绍给我的一定要去买的韩国超市里小乌龟图案的脆角重要,尤其重要的是,一次买一箱,最划算。

但他会推荐《桃花井》,因为那里面有他的尽在不言中吧。

过一阵美国人也明白疫情的严重了。大伯母打来电话问是不是要回去了,走前把还没用的口罩酒精留给他们。我俩有点儿尴尬,说找不到票啊,她有点儿意外,就挂了。我俩完全靠北京的朋友寄来的口罩和美国人还没太重视疫情时买的消毒纸巾和洗手液撑着,还在网上抢购了便携紫外线盒,每次出完门就把口罩放里面烤,循环利用,也不知道真好使假好使。

因为大概一礼拜只出门去华人超市买趟菜,去 Vegas 时租的车居然没电了。我俩要还回去,取车时的那家关了,要还到四五公里外的另一家。还了车我俩沿着树荫慢慢往回走,这边没路了就过马路找楼与楼之间的小路,躲刺眼的光线。

"我小时候看书,"我说,"写到瘟疫大作的年代,眼前总是昏天黑地,草木不生。真有一天身在其中,原来天儿还这么好,晴空万里,天色还这么好看。"

他想了想,说:"是呀。"

可能是太爱看小人书了。

原本被推到五月底的票不出意料地取消了,国航 App(应用程序)上的排队系统显示我们在"1000 以后"。六月,老全已经落地天津隔离。某晚我梦见回国了,出租车开到小区外,我见窄路两旁长着洛杉矶初夏常见的蓝花楹,而不是原本高大的白杨树。无论怎样,总算看见了小区的门,我就哭了,哭醒了。很沮丧,发了条微博,以前的邻居狼师傅发了个拥抱的图标。

年轻的时候也是个说走就走的人呢,以为可以在任何地方安家,有情饮水饱。现在知道,不是那回事。认床,认那个沉淀了自己最多"气"的房子。

一路走来的大伯,是在哪个时刻也就认了,认了命运就算颠沛流离命运就算曲折离奇——不然呢?

想起海棠花该开了吧。初春时,物业发微信

说隔壁新搬来的邻居非要把我家长进他家院子的海棠枝剪掉。当时没心思理，剪就剪你的。现在天天困着，想到有几年冬天剪了枝，第二三年海棠就没再开。问楼上姐们儿："我家海棠开了没？"

她说："开了。"然后发了照片给我。那么美，我又高兴了一点儿。有时候我会想下辈子做什么，还是做植物最好，任世间动荡，兀自花开花落，要是有风，还可以摇摇摆摆的。

我问丫唐："我们不会就此回不去了吧？"

他说："不会。"做晚饭时，突然在水池前发了疯，一边撩水一边叫着："回不去了！回不去了！"

日子就这么眼睁睁地重复着，复印的一样。淡下去。

我们在七月落地天津。他问我兴奋吗。其实已经没有了。

但这样的意外，终于让我感到身处大时代的跌宕。从前丫唐听到"小时代"这个词，嘎嘎叫好，

"是啊是啊,这郭敬明还挺会说"。

可飞机落地那一刻,巨大的轰鸣声,像是冲破了大时代的洪流,与时间中远方的大伯遥遥相望。

套用《半生缘》中"我们回不去了"——我们回去了。我没有更多想法。

还是有一个念头的:接下来这个春天,我和隔壁新搬来的邻居必有一战。

不过是大时代里,努力过好小日子的人。

不时不食超会吃

微博上的王恺老师好像天天在生气。以致每每看到他推荐茶与食，我都会稍微琢磨一下火气大不大。

有人说王恺很自负。我没见过本人，看头像有个倔强的下巴，有点儿梁漱溟流传甚广的那张照片的固执样子。

看完《中国人超会吃》，理解了人家天天瞧这瞧那不顺眼是有资本的，确实写得好。我一直以为他们三联出来的人写东西，多多少少都会沾点儿翻译体，但王恺完全没有，文字干净到几无一字嫌多。有些信手拈来的字用得极妙，像《江团狮子头》里讲到吃小鱼，吃鱼高手将小鱼放在嘴里，一口"潄"完再吐出整条鱼骨头，这"潄"字之精准，真是佩服极了。写食文章这么洗练而稳当，多么骄傲和自信都行啊。我看完有很实用的心得，就是下次出门除陈晓卿外，又多了一个可以咨询好饭馆的人。

前半部分王老师一直在强调"不时不食"，我也是近些年才有这个概念。我小时候家里属于水平线以下的，饭桌上常年只有一个菜。我虽然没吃过什么，但挑食，长大后明白那是对未知的恐惧，不自信，怕露怯，很多成年人在面对陌生事物时也有这种第一反应为拒绝的姿态，要改。本来没吃过几样菜，还挑，还傻，最喜欢把馒头皮揭了，用馒头芯蘸菜汤，把菜让给别人。所以身体底子很不好。

前几年的夏季，我得了一次急性胰腺炎，胆结石导致的，疼到需要打"杜冷丁"止疼才能转院，据说在病床上脸色焦黑。那时已没有心思照镜子看自己什么样子了，但有些对发病的个人想法，就让丫唐请了我信任的中医悄悄来做了些治疗。治疗后他对我说:"让家人买个菠萝给你吃,就会好很多。"我问:"为什么是菠萝?"他说:"因为这个治疗需要吃最当季的水果来收尾,不当季的水果吃来没有用处。"这是那次生病最让我牢记的点,那之后就开始尽量"不时不食"。

这本《中国人超会吃》,在策划和装帧设计上都有些新尝试,图片并没有多滤镜多网红,而是朴实却不简陋的街巷气。有些页上排版有点儿乱,我常不由自主伸手想要放大,这习惯真是很当下了。

专有一章写豆腐,写到豆浆是豆腐的最初级产品,豆浆为"稀",所以要配合"干"的食物。想到困在洛杉矶时,很少外出,不能堂食,丫唐每天做饭,早上总是汤面,我就不满,说:"还有呢?"他问:"有啥?"我说:"这是稀的,还有干的呢?"他说:"啥稀的干的?"我说:"饭不都得有稀有干嘛。"他一个祖籍长沙生在山西的人表示没听说过,我就回回要求他再补张速冻的葱油饼。看,得到了印证。

由吃总会想到旅行,疫情让大家都动弹不得,对于从前的日子怀念不已。也是因豆腐这章,想到那年几家人去日本玩,从京都南禅寺出来,天色已晚,本想回市中心吃饭,忽想到蔡澜写过曾在南禅寺里吃和尚做的汤豆腐,只一大片昆布为汤底,豆腐之纯味给他留下无穷回忆。一查,寺外果然都是评价很好的汤豆腐店,但只一家门前点灯的还开着,应该就是"顺正"。那天真是吃够了豆腐,也确实是那样简单的做法,但我觉得吧,好淡哦,只有老潘一直称赞。想到《菜根谭》里写"浓肥辛甘非真味,真味只是淡",好吧,应该是我境界不够,还是喜欢花样百出的味道。

记得小时候把《菜根谭》整本抄下来,好朋友的父亲说:"这个小孩儿这么小就喜欢这些,太消极了。"其实不是消极,因为根本不懂消极,只是觉得那些句子和日常看到的很不一样,很漂亮。

《斯通纳》：一个正直的人这样过了一生

一次吃饭，美亚提起看完了《斯通纳》，挺感动，但没像席间两位姐姐哭得那么厉害。回来我问丫唐看过没，他说看过啊，带去了美国，我看《桃花井》的时候，他看完了《斯通纳》，当时还琢磨如果这是个中国故事，该怎样拍成电影，后来上网一查，裘德·洛要演了。

但我查豆瓣写的主演是《海边的曼彻斯特》的卡西·阿弗莱克。从形象到气质，他演很对，但对得过于顺拐。要是裘德·洛还挺意外，他那么帅，那么帅的人会这样过一生吗？

《斯通纳》讲的是一个正直的人，无望地过

了一生。

我就想啊,这个世界对正直的人,是不是就这样啊。不是说有所亏欠,而是让人看到做一个纯粹的、正直的人,就这么过了搁谁都不甘心的一生,感叹"不该如此啊",而转念一想,自己活得也正是如此啊。

不该如此,又该怎样呢?

是不是做一个圆融的人,甚或一个坏人,会拥有更多快乐的时候?人的喜怒哀乐到底是在什么情况下发生?刨去那些谁都会说的"洞房花烛金榜题名",大多数琐碎日常中,快乐从哪里来?真的是奉献、忍让、成全的时候吗?还是,占到便宜、搞掉别人、顺我者昌、逆我者亡的时候?

威廉·斯通纳是农民的儿子,家乡离他后来念的大学不远。他一生也没有走太远,最远是结婚时去了妻子娘家附近的大城市旅行。本来他是被叫去学农业,没怎么念过书的父母指望他学成后能回来帮助农场的改良。但他爱上了文学,直到父母拘束又喜悦地来参加毕业典礼时,才知道他转了系。那之后他度过了人生中最幸福的时刻：留校教授文学；有二三年纪相仿、可以聊天的同事；遇见一个足以给乡下小子带来震撼的漂亮城里女孩儿，笨拙地示爱，竟被接受（双方都很意外），结婚，生女，迅速意识到无法沟通的不契合，从此开始人生的下坡。

不要轻易和爱上的第一个异性结婚，斯通纳在四十岁后才懂。第一次恋爱时，并不了解自己内心真正的需求，性格大概的走向，不懂得该通过哪些细节去了解对方，甚或当然都不了解恋爱本身。在离婚不易的社会环境下，更该行万里路、读万卷书、阅一些人后再下决定。若每个人是一株植物，身处的外在环境代表阳光空气，那么土壤肯定是家庭。一个不能带来滋养的婚姻，实在该鼓足勇气换换土。当然大多数人还是选择再观望一下，万一会变好呢？或者，咱耐受力强呢？看看旁边的植物，何以见得不是同样不理想的土壤，不也都活着吗？

当然斯通纳的不幸不仅来自婚姻，毕竟他若

能飞黄腾达,婚姻中面临的具体困境会相对容易解决,伴侣给予的回馈会更温和,相处方式也许有更多选择。从上帝视角看,他人生向下的拐点起源于一件不大的事:他坚持不肯给一个未达学术标准的残疾读博男予通过。这名学生激进而狡猾,被同样有残疾的系主任所喜爱。这件客观来说根本谈不上对错的事,导致系主任针对了他一生,斯通纳再没提升过,直到退休,仍是助理教授。最后,他死在了欢送他退休的假眉三道的宴会后。

我想起从前常听到我妈训斥我爸说:"如果那年夏天你们午休的时候,你也和别人一样只躲在办公室里嘀咕,没冲出来骂在楼道里闹腾的领导的小孩儿,你会被调到四川吗?我们会活活分居了十三年吗?"十三年,一段婚姻里能有几个十三年?但复盘人生都是在吃尽苦头的中年之后。多少人的崩溃是,原来无论多么委屈,原来就算所有人都知道你委屈,但时间不会通融你,时空不会逆转,人生就是无法回到你委屈的那一刻重新妥协选择,无论你如何捶胸顿足后悔莫及,没有重来，没有。

如果在四十四岁遇到灵肉合一的挚爱凯瑟琳时，斯通纳能勇敢点儿，离开毫无生气的婚姻，离开他注定不会再有什么起色的大学，也许起码他能在情感上获得新生与激情。但在逼仄的环境（不能否认还有他的软弱）下，他选择了放弃，选择了不改变，"只能退缩到一个静谧之地，那里荒凉、狭小而柔静"。

斯通纳的静谧之地，是他总算还能做喜欢的事情——教学、研究，并不断地阅读、学习。内心的充盈使他可以继续习惯于外在不如意的处境，"他仍然向这个世界，这个他很快漫步穿过的世界，敞开心扉，并从中寻找些微快乐"。多年后他买了凯瑟琳的书，看到扉页上的献辞：献给威·斯。他的眼睛模糊了，又摇摇头，继续看书，直到读完才放下，任由内心藏了很久的失落感彻底将他吞没，而不想搭救自己。"接着他又深情地笑了，好像是冲着某个记忆而笑。"这是每个中年人都会被击中的无法形容甜还是痛的点，在某个暴晒的下午，或阴云密布的逢魔时分。

但把父母埋葬在他们终生苦苦耕耘、无法逃离的农场上后，他看到：

> 一切都没有改变。他们的生活在毫无欢乐可言的劳作中延续着，他们的意志崩溃了，他们的心智麻木了，现在他们都在给予自己生命的土地里安息了。慢慢地，年复一年，土地将接纳他们。慢慢地，潮湿和腐烂物将侵扰那副承放着他们尸体的松木棺材，慢慢地，这些将触碰到他们的肉体，最后将销蚀掉他们最后的物质痕迹，他们将变成那片执拗的土地毫无意义的组成部分，而在很久以前，他们就把自己献给土地了。

译得非常好。

看闲书之白关

一到年底,细腿大羽就会和她的先生白关一起做来年的生肖版画,"鼠钱""最牛",今年是"虎赚",都是很好彩头的词。

白关以前是在上海工作的白领,突然就有那么一天,辞职了。不会英语,不能像别人那样去留学,但他要"流学",就开始骑行环游中国。继 2017 年出版了《流学的一年》后,2021 年又出了《随风去野》。

他们夫妻是北京一类特定生活方式圈子的人,改造乡下租住的民房,自己种菜,做艺术品,养养孩子或宠物,练练拳,每天忙忙碌碌,又宁静致远,亲近自然,待人赤诚,是一群朴素的真人。

《流学的一年》是从上海出发,沿"雄鸡肚子"一直骑到广西,《随风去野》是从云南到贵州。

我是在家里遥望这些人的人,羡慕,但动不起来。前一阵我开始看直播购物,想知道为什么好多人喜欢花时间盯着声音嘶哑的主播,买那些其实也没比网站便宜多少的东西,时间不是成本吗?(当然我一个爱比价的人也不太有脸这么说,比价就不花时间吗?)看了有一个月吧,我终于出手了——花一块钱买了艾力四天的英语体验课。花钱谨慎,但大有收获。艾力讲"如何克服拖延症"里的第二条就是:想做马上就去做,不要什么"准备""查资料""构想好",这么想的结果就是迟迟无法开始,其实所有的问题都可以在进行过程中解决。说得对,但行好事,莫问前程。白关就是这样,出发了,看风景了,就收获了。"去到一个地方,我们真不能做什么,除了我们真的来过。"这是囿于格子间或书桌前,用想象无法抵达的真实世界。好吧,我试试,稍微动一动。

新一年了，用白关的画来码一下。"我看见大家，都有一个简单的心愿，就在头顶上方，只是他们现在手里东西太多了。"

《受命》

这是一部气质冷峻的小说。

受命,为父报仇,亲手。一个现代的人,做一件古代的事。

因为复杂的历史原因,无法寄望于法律给父亲一个公平的翻案。即使翻案,他的冤屈已导致全家人的人生轨迹向下坠落,始终带着沉重压抑的情绪。如果父亲没有蒙冤,他们的人生也许会是另一个样子,不一定多富有,但可能更单纯。

写到这里发现,其实父亲一生的拐点,和斯通纳一样,小小的一件事,导致无法预料的巨大后果。当然所谓巨大,也不过是在个人眼里。时代巨流的颠簸中,这算不得什么。说人生海海,只因众生融于其中，所以它才苦涩吧。

但父亲短暂生命的后半程，一直想要努力得到平反。他有目标，所以比斯通纳有更具象的沉重痛苦，"现在笼罩着自己的黑暗，就是父亲最后看见的世界；现在四下的沉寂，就是惨烈的父亲发出的声音"。因为渺小，得不到公平，恨意充满个体生命，蔓延成对整个世界的认知。然而世界在乎吗？

母亲失忆前，把仇人的名字告知长子，自己彻底忘却。在所有人都随巨流滚滚向前中，偏偏长子愿负重逆行，浮沉中悄然磨亮了贴身的小刀。然而就是那么巧合，他遇到了仇人的女儿，热情的女孩儿爱上了他，执着地想要得到他同等的爱。

他动手了吗？不知道。最关键的一幕，留白。

这像是《王子复仇记》和《罗密欧与朱丽叶》的糅合。亘古的两大主题：复仇，难以逾越的鸿沟两边的爱。

对于男女主相遇的巧合，我总想有没有更好的安排？但写作者确实容易因为个人陷于其中难以转圜。男主是某类很典型的知识分子，胸有丘壑，没什么爱欲，太规整，确实更适合在古代沉默赶路，风尘仆仆去完成一个使命，然后再也找不到支撑，只在酒后唱一曲越来越没人能听懂的时代悲歌。

然而他身上疏离孤高的气质，在与务实的女二相处的夏天里被淹没得无计可施。用什么来杀死理想？用庸常。讽刺的是，他还被庸常认为是庸常，而被舍弃了。

那个专注守望他的高大硬朗的女主，却像一只在冬日里喘息着白气的眼巴巴的小狗，是小说中最灵动的存在。在男主面前，她简直不好意思过自己顺遂的人生。她不知道马上要打碎她的力道有多大，以致迸没了太多碎片，她连拼回的可能性都没有。大多数时候，我们的小刀只够得着最爱我们的人。

爱上这样的人真不幸啊，其实他只爱自己，他自己知道吗？在完成使命后，若不死，还是要继续坠落下去。尾声部分，他以一个略微秃顶和愤怒的形象出现于他人的谈资中，生活就是这么讽刺。其实都没想讽刺谁，是你自己不知轻重。

有一个姑娘

我都忘了是怎么认识悦悦的,好像是通过一位摄影师?

那时她的身份还是"瑞丽"的模特,经常和张子萱被拍成一对儿姐妹花。瞅不冷子看确实是一个类型,甜美的瘦长脸,差异在气质上些微的不同,张子萱更偏娇气,悦悦更接地气——所以"养生堂"红到我妈都经常提起说"那个主持人悦悦很不错"的时候,我问哪个悦悦,定睛一看,嘿,正合适的悦悦。(悦悦写她小时候曾跟着电视剧里的女演员学习回眸一笑,放学过马路时施展一下子,瞅瞅能不能也有坏小子等她,结果真等来一个又黑又矮的追到楼下,得亏一楼的邻居给轰走了，but，她居然用"功夫不负有心人"来形容，显然脑子里比别人多点儿可能就是那种叫作"地气"的气体吧。）

北京台有个能耐，无论什么资质和姿色的主持人，最后都能给整成知心大姐。悦悦不算知心大姐，算知心小姐姐吧。早听台里的同学说，悦悦会被重点培养，因为长得好又全面的双语主持人不好找。最近再打听，说已经是当家花旦，自己也做导演和制片人了。

那年《时尚女编辑》在北京台播放前，搞了一场晚会，是悦悦主持的，恰好张子萱也在里面演了吃重儿的角色叫伊娜。两美后来同台的机会应该也不多了，还是那样，一个娇滴滴，一个……当然说"喜唰唰"也不恰当，反正就都挺喜兴的吧。

后来零星有悦悦的消息，是生活中真实的伊娜同学（有几个疯癫的朋友都要求《时尚女编辑》里的角色起她们的名字）提到悦悦身体力行地支持她们的"北京宠物领养日——领养代替购买"活动（话说都办到第69届了，敬佩），和她一贯的形象特别合拍,张张罗罗,风风火火,热心肠。再后来,她被古怪的粉丝骚扰,事闹得不小,再再后来,就是她迅速结了婚。过程中种种曲折、巧合,听起来像上帝视角的一盘快棋。

所以拿到她《一场美梦》的时候,我以为是恐怖故事集——为什么会这么以为?!也许是封面上的"如有雷同,请多保重",也许是扉页的女孩儿在打点滴(后来我仔细看是坐在一个茶杯上,点滴是花),也许是自序里写这本书是写给自己的,为了解脱……当然最可能是她说她喜欢李碧华,以及封面一片墨绿森系中她一张雪白的小脸。总而言之看了两篇以后才发现我做错了准备。

这是一本有故事、有散文的心情笔记。这样的书不少,主持人这职业给了悦悦更多接触曲折离奇、世间万象的幸运,但她大受震撼的喟然、细腻的感同身受让我觉得,这样的人与故事被善感的心灵捕捉到,是相互的幸运。我喜欢她写去老人院探望的记录,写老奶奶不肯放开她的手,"无论护工怎么用力,枯瘦的手指僵硬地并拢,和手掌形成一个夹子,夹住,奶奶用尽所有力气,对抗着一场非亲非故的分离",写"他们的眼睛有些浑浊,但那可能是一片巨幕,在看着你的时候,他们的芳华大戏正在脑海里重映"。如此细微和深沉的观察,让阅读者有被打疼了的触动,这显然不是个浮于表面的姑娘。她所描写的氛围让我甚至代入了自己,也许有一天,我也会不愿意放开一个悦悦一样的姑娘的手。是啊,她叫悦悦,喜悦的悦。我一直相信人的名字,是冥冥中注定的性格密码。当有一天我也衰老,也会紧紧抓住能给人带来喜悦的年轻人吧。

我俩一直互关,但交流很少,直到有一天她发私信说,看了《寻汉计》,喜欢得语无伦次,写了一篇小作文。小作文看上去似乎和剧情无关,一堆"我有一个朋友"的故事。她焦急地写她不能剧透,但因为这部电影,她想起了那么多人。这是一部电影真正找到了它的观众,在洼地中,丝丝的共鸣缓缓回响。

每天睡前是我的纸质书时间,近来一打开床头灯,就看见《一场美梦》,总觉得这是一个过于美好的期许。悦悦为什么给书起名"一场美梦"?是真的热爱这一切吧,所以珍惜,小心翼翼。她写:"每每回忆一次就能和某个时空的分身久别重逢拥抱问候,这样想来人的一生就没有绝对的孑然一身,我是我毫不保留的挚友,我是我至死不渝的眷侣,'我感谢隐身的大群体授权我在这里出面'讲故事。我该感谢我从未欲言又止。"

老人们

我妈说二楼小赵走了。

叫"小赵",也七十七了。比我妈小几岁,就从年轻时候一直叫到现在。很瘦的一位阿姨。不都说难得"老来瘦"吗?

我问什么病,她也说不上来,说就是啥都想吃,但啥也吃不下。孩子很孝顺,换着花样儿买,也没用。十几天前小赵从医院回来,刚和我妈聊过住院时的事儿,这些天就不再出门,然后就没了。我想医生把病因告诉了家属,家属觉得没必要跟病人明说吧。

搬到这楼四十年了,我妈守在最角儿上这间里,眼瞅着老人们渐次走了。今年春节,隔壁那位跟她闹了一辈子矛盾的邻居老头儿走了。正赶上出版社要例行送蝴蝶兰，问我还是送老太太那儿吗？我妈说疫情严重，别送了，她买的东西都在门口放好几天，晾完毒才拿进来。出版社说那他们也给放门口儿晾几天呗，我妈说别呀，咱家门和隔壁门夹一直角，那一大盆扎着红彩带的年花儿相当于也放在人家门口，那不合适。终于比以前懂点儿人情世故了我妈，虽然有限。

春天时候邯郸的二姨走了。二姨和我妈关系最好，俩人天天视频好几次，无非是"吃了吗？""吃啥了？""可不赖""谁做的？""晚上准备吃啥？"我劝她这么大岁数，腿又不好，别去了。她不肯，必须去。亲戚们讲礼儿，她一直被小辈们搀着，看我眼里就是架着。因为她一直哭，我以为也是那姿势难受，问要不要别架了，她说挺好的，省自己劲儿。

她们那边儿的风俗，哭得越使劲，才显得和逝者关系越好。有老太太本来哭累了坐边儿上歇着，看到新进来的人声儿大有气力，手忙脚乱赶紧起来再哭。我妈从下车就开始哭,看着很消耗,要是我,肯定缺氧头晕了。她还行,除了一路趔趄。

回来日子照旧,一人儿买菜做饭收拾屋子,非要锻炼自己,不再找阿姨。我担心她心情不好,暗中观察,没看出什么。忍不住问:"谁没了你最难过?"她平淡地答:"谁没了我也不难过。"

这真让我意外:"为什么?"她说:"没什么可难过的。"

"那我爸去世你难过吗?"

了解。

我追问她对死亡的看法,她说:"死呗。爱死不死。"

我明白过来她不是对人没感情,她只是觉得这种横竖都一样、谁也跑不了的事儿,没必要耽误工夫琢磨。

只是每从她嘴里听到她那些老伙计去世,眼前就有画面。人生到老,如陪绑现场,同伴于身边渐次倒下,有人蒙然,有人惊惧不已,也得相信有人确实视若平常。当然这画面是我的,震慑我自己，因为还喜欢给事情找比喻，还不能摆脱文艺的力。这不是她的。她脑海和眼睛里，只是窗外那一片打理得井井有条的违建菜园。

今天刚好看到 *Wabi sabi*: *The Japanese Art of Impermanence*（《侘寂：日本无常的艺术》，Andrew Juniper）第 49 页：

> The idea that nothing remains unchanged and that all sentient beings must die has always added the touch of finality and brings perspective to all actions of mankind. Death's touch is seen as the best possible source of wisdom, for nothing can seem more important than anything else when the idea of not existing is brought into the equation. There is within the Japanese a fascination with death, and unlike the West, which tends to shy away from what might be considered morbid deliberations, the Japanese seek to harness the

emotive effect of death to add force and power to their actions. With this force also comes a sense of inconsolable desolation, and it is this feeling to which the term sabi is often applied.

　　没有什么是一成不变的、人终有一死的观念，总会增添一种终结感，为人类的所有行动带来视角。死亡的触摸被视为智慧的最佳来源，因为一想到"不存在"，就没什么更重要的了。日本人对死亡有着一种迷恋，与西方人不同，西方人倾向于回避可能被认为是病态的深思熟虑，日本人寻求利用死亡的情绪影响来为他们的行动增添力量。伴随着这种力量而来的还有一种无法安慰的荒凉感。正是这种感觉，经常被用于"sabi"这个词。

这是今天学到的一些英文。

《我们始终没有牵手旅行》

我喜欢《城市画报》的摄影师,而"曾忆城"因为名字文艺是我印象最深刻的一位。这本《我们始终没有牵手旅行》不是拍摄任务,是以影像的形式记录一段没有结局的爱情故事。听说出版前在平遥的展出曾令小资青年泪洒当场,我相信——这些照片如果平铺在面前,比翻页的形式更直给,更感伤,那些黑乎乎的阳光下的黯淡日子。

文艺的不仅仅是名字:

> ……当我抛下一切,来到她所在的城市,爱情却已无可挽回。在去新疆的火车上,遇到一对睡在我上铺的盲人夫妇。睡梦中,他

们的手仍然在两个床铺之间紧紧地牵在一起。我想,是时候整理这段爱情了。原以为可以一辈子拍下去的,然而,我们连牵手旅行都没有,始终。

《日日之器》

《日日之器》一直放在厕所的猫凳上,因为是本图文书。老觉得如厕时看图文书比较放松。

丫唐有一阵迷上日本抹茶碗,我跟着瞎看了几眼,看不出门道。但潜移默化间,慢慢把原来的碗盘更换了。

前年在东京,拐弯抹角去了"失物招领"珊珊推荐的几个小店,买了几只小碗,回来用上,竟很高兴。

以前觉得碗就是吃饭用,大小合适,样子普通,并没什么。唯一二十年来跟着我的一个碗,是个粗粝没上釉的灰白色大碗,碗壁上刻两条鱼,笔法幼稚,像小孩儿乱画的……带鱼,放一碗方便面正合适。做那个碗的人当年毕业没多久,这几年树立了个人风格,有了自己的店,我倒不喜欢,总觉得精心设计了,就不质朴了。就像《三个广告牌》这电影,好是好,但编得太会编了,反倒减分了。

《日日之器》里写,把新器皿带回家,它会有一点儿不习惯,有人会在买的时候问:"你愿意跟我回家吗?"是像新鞋于路的羞怯吗?

"好的器皿会越用越茁壮的。"嗯,因为喜欢了,拿起放下恐怕都有自己意识不到的纤毫的爱,我信。

  洗碗时手会接触器皿的每一个角落,比起盛盘时更接近亲密。同时,双手和器皿都饱含水分。身体感受到水分时,心灵也会随之轻松起来。此刻总令我感觉是手中握着一块泥土,躁动的心也随之沉静。

我没有觉得握的是泥土,但我喜欢洗碗。

清洗干净之后,将器皿倒过来放,圈足才能彻底干燥。"今天也辛苦了。"我对自己说,器皿也对自己如是说道。

所以作者不赞成用洗碗机,她认为器皿与人的关系就是要用手来感受和延伸。这和中国人说"养"的意思似乎有一点儿类似:养茶壶、养核桃、养手串……呃不不不,越说越伧俗了。还是不太相同,人与器皿是共同成长,而"养手串"更像"养成系",培养成大款,让世人看见你成功。

"真正好的器皿不是取决于形状或是颜色,而是使用者打心底觉得它好用,觉得它是个好器皿才是。"作者说。

而无可避免的是,总会有不小心将心爱的器皿打破的时候,"觉得连和器皿一同度过的时光都因此消逝,悲伤到不能自已"。嗯,去年在东京买的一对猪口杯,还没出大门就被丫唐打碎一只,我当时真是很生气,还没来得及使用,没来得及有一起的回忆——主要是我的钱,还要再加上修缮。

"修复后减轻了我的罪恶感,总算可以向器皿说声:'再加油吧!'"

开始换上可以投注感情的器皿,也许就像富足后买包。然而有一次在我妈家的花园墙根发现一个大缸很喜欢,两头小,中间大肚,拉回来冲一冲放院子里,左看右看都是说不出的亲切。问她哪来的,她说:"对面的菜站前两年倒闭了,这是他们不要的腌咸菜大缸,掉了俩耳朵。"怪不得亲切,童年审美的烙印多么深刻。

丫唐在表参道把口那家时髦店里,没有买衣服,却买了两只花色浓烈的大碗,说是冲绳风格,我瞅着不知道怎么又亲切了。后来有一天看《物语北京》,封面那个门头沟收来的大碗,和这两只碗绝对同宗同源。

只要是打心眼儿里的喜欢,每一天都平静自足。春天了,院子里花开了,很高兴。樱花比海棠花结实,发现了吗?

《河童杂记本》

非常好玩。

认真诚恳的"怪百白"。

他对四五岁的女儿做试验,每天让她送报纸到他枕边,然后对他说"谢谢",而他答"不用谢"。他想试验需要多久女儿会发现这个错误。

大概两个月后,女儿不再在送报纸的时候说话——他为了这个试验,花费了很多年才重获女儿的信任。

《姐妹》

临睡前无意间看到湖南台在放一个纪录片,叫《姐妹》,很平实,但很抓人。一对发廊妹的故事。没看出来谁是姐姐谁是妹妹,但叫章桦的那个显然是主角。

她长得很奇怪,不难看,但有点儿吓人,因为很硬很冷,男相,让人有距离感,是受过很多苦的那种长相。

听我丈夫说这片子剪出来后送到某个公司,被随手扔在一边,几个月后,才有人想起来看看,一看之下,竟然看了进去,后来好像还得了奖。

好多事情,事后说起来都轻描淡写,似乎机缘巧合,轻而易举,其实过程呢,谁又体会得到甚至想到数个不眠长夜中的挣扎呢。

不过，能轻描淡写地说结果，总归是有喜悦在渗出了。

突然死亡是不好的，虽然有人说那样会少受些痛苦，但我以为，不能够微笑着缓缓说出"啊，原来人生就是这样的"，是件遗憾的事情。

把爱了结成永恒

终于抽出时间看了电影《冷战》。看名字和海报以为是讲政治的闷片,第一个镜头出来,咦?*Lens*?

看完全片,确实如同翻完一本 *Lens*,有格调,高级,舒适。

片子不长。我颈椎不好,给自己设"番茄钟",半小时起来活动一下,这片子需要活动两次,但我没。

女主让我想起《苦月亮》里的咪咪,都有种很"欲"的东西。男主,就像那些文雅、古典、内心有着什么灼热东西的知识分子。记忆里那些从前的南方文人的爱情。

相爱的人还是要在一起生活啊,不然怎么知道彼此不合适呢。

看上去并不出奇似的,想想,是非常戏剧性的故事。十几年的时间,出国,回国,没有强调深度的思考,只为了无法相处又不能忘怀的爱。也有过别人,他在自由的国度和智慧冷静、看得懂一切的女知识分子,她在集权的国家跟有权势的人结婚生子。知道结局凶险,还是义无反顾地回到相识的地方,因为那爱实在太炽烈了。正是知道苦难或琐碎终将磨淡它,所以趁当想起对方还有无穷的欲念,亲手把这爱了结成永恒。真是勇敢的人啊。

女主太美了。太美了。

男主总是情绪稳定的样子,没什么用力生活过的姿势。最失态是在争吵后得知女主回了波兰,他在酒吧里恣意奔涌地弹钢琴。我当时想的是:唉,会一样乐器或者拥有一项技能多么好,你可以用它来发泄、排遣你的痛苦,而不是坐在宝马里哭。

结尾在夏天,田野。田野里的阴影,似乎富

裕平静的乡间，想不到那时城市里的黑暗，人们到底在怎么挣扎。可能都以为生活本就如此，可能根本就没想过生活是啥。为啥要想？

她拉着他因为牢狱生活起码变形了两根指头的手。生命里很多个同样好太阳的一天。波兰是什么气候类型？

最后她说："到另一边去吧，那边的风景更好。"愣了一秒，眼眶里瞬间涨出隐约的酸痛，大概也一秒。一共两秒。本以为这是一部平静地开始，也能平静地看完的电影。

基本上也算吧。希望它能得奥斯卡最佳外语片。

但没有。

《最好的时光：侯孝贤电影记录》

前半部分是小说和剧本。我喜欢的调调，细腻、平静，天生给艺术片准备的。

看完问那谁觉得朱天文和王安忆可有一比？答王安忆更好。中学时爱看王安忆，现在记不清了，最近看《王安忆读书笔记》，死活看不完。

好多小时候的事，本来觉得忘了，看了这书，像用改锥顶了几下，有些熟悉的东西翘了起来。不是具体的事，是些熟悉的场景和气味，比如某种颜色鲜艳的卡片外面塑膜的哈喇味儿，比如举着它在大太阳下一看半个下午的发痴。

但我不确定很多事情是不是真的记得，还是后来听大人说起，乘着想象的翅膀身临其境，久而久之记忆错乱,以为是自己记得的。

后半部分记述侯孝贤拍电影的过程。了解大师的工作方式是很有意义和意思的。

话剧《安魂曲》

我打小就是个心有杂念的人,有时以为自己像孙悟空,喊一声"定",肉身便如一尊泥菩萨,待在原地参与现实,其实灵魂早已出窍,忙得要死,眼观六路耳听八方,思绪在茫茫宇宙漫游。

初中念的是数学实验班,课本都和别班不同,有次来了一帮听课的,把教室坐得满满,甚至教室外的墙根儿下还有。那节课我觉得自己走神得格外厉害,隐约听见窗外鸟语花香,热闹死了。

下课,不让走,统计,问上课时共听到多少种声音,我对上课没兴趣,但对这些歪门邪道十分热衷,一高兴,把没听见的也都画了,统统画了。

过了几堂课,把听课的人送走后,老师铁青

着脸进来说，这帮人是来测试我们上课时的专注度的，墙根儿底下那帮是在放录音。"靠得累。"

《安魂曲》，多严肃啊，为什么我还是会不跟着剧情而是任着自己的胡思乱想走神？然后在自己想象里把它当成喜剧？什么毛病？

当看到这段：

> 你看，你有两只大耳朵，有很大的耐心，
> 你倾听我的话，你知道，你明白，
> 你站着，嚼着，用明白这么多事情的棕色温和的眼睛看着这世界……
> 我儿子死了，他的生命被剥夺了……想象一下你有一个孩子，
> 小马驹，小马，你爱它，
> 他是你全部的生命，可突然……

那马演得可认真了，当赶车老头儿对他说这段词时，他的脚仍然在地上踢踏，他的嘴似在嚼草般嚅动着。我觉得，演得这样投入的一匹马，

如果不给他台词实在是太可惜了，所以，在我想象中，这时候他突然开口对老头儿说：对不起，大爷，我是骡子。

其实有时我也蛮讨厌自己的。

《汪曾祺说戏》

收录的都是与戏曲有关的话题,从1956年到1997年。可以看出,年代越近,话说得越放,越无所顾忌。

也有相当重复的细节,出现过两次三次甚至四次五次。常写的人会理解,其实没什么。

读后感是,戏曲创作与电视剧创作颇有相似的地方。比如汪老说"文外之情",有些文句不通甚至不知所云的地方,通过演员的表演,可以令观众觉得合理甚至感动。之前看《艳遇》,廖一梅说到演员指出"这个地方不合理呀",她怎么和演员解释的我不知道,但她和我们说这是戏剧学院教学时最初级的问题——没有合不合理,

就是这么设置的,演员就是要靠自己的表演令它合理。

全书大多是谈京剧,也谈到京剧的未来发展,有一个像修建博物馆一样去保护的建议。随着喜爱京剧的观众老去,恐怕把京剧上升到珍贵文物的高度来尊敬倒真是最好的办法。普及是不现实的,那不如让不懂的年轻人怀着敬心去了解京剧,可能就没那么嫌弃,反而更容易宽容接纳一些,(不禁问我自己是想说价钱越贵越有人买的意思吗?)毕竟那种不在观众席就在去观众席的路上的连梆子都看的年轻人太少了。

说于会泳,有人开玩笑说他搞的戏都是抓特务,哪是文化和旅游部,成公安部了。于会泳第二天说,文化和旅游部就是意识形态的公安部。汪老说,持这种看法的人,现在还有。这话是1996年说的。

我小时候头次在剧场里看京戏,是我妈家乡的剧团在北辛安剧场演《宝莲灯》,那也是我头次能进后台,大概没上小学。印象深的是剧团的台柱子,一位青衣,长相忘了,但脸上的表情总有些哀苦。听我妈说是有人忌妒她唱得太好,就偷偷在她喝的水里放了耳屎,她就此失声,没法再有更好的发展。我查了一下,似乎耳屎导致人失声是没有科学道理的,也许还有别的隐情吧。前两年因为找拍戏的场地,去过长安大戏院的后台,当时台前正在演一出武戏,记得是一群猴子翻来翻去。从后面的幕布走过时,一种难以忍受的体汗味扑面而来。记起人说京剧的戏服好像是不洗的,至少新中国成立前是不洗的。

《我与悲鸿——蒋碧微回忆录》

看完觉得应该找廖静文那本对照着读。过年时在凤凰卫视看了一会儿廖静文的采访,内容忘了,只记得她喑哑的喉声。大过年的,那声音未免太悲,就换台了。

徐悲鸿每和一个女人共同生活前,会先为对方取个新名字。名字取得都太漂亮:蒋碧微,孙多慈,廖静文(但我总觉得"碧"这个字太烈)。蒋著中的徐面目模糊,因为蒋本人非常强悍,刚烈无比,对大师采取不忍不让的态度,几度让徐非常的下不来台。女人有这样的性格,实在太硬,但也说明她是把他当丈夫而非别的,他们之间是平等的。

在网上找相关资料，颇有喜欢这本书的人对廖那本《徐悲鸿一生》不以为然。可见就算当事人亲自说话，仍因带有各自立场观点，无法真正了解真相。所以说要想知道真相，道听途说没戏，想从当事人那儿知道更是没戏——没有真相，或者说都是真相的素材，看你愿意怎么信、信什么了。即使不是当事人，即使是中立的仁厚的旁观者，处于时代背景下，维护对象不同，仍然难以说出客观真相。现在还有没有古代史官那样的职位？

三个女人里我比较喜欢孙多慈，倒不是因为她最有才华和美貌，而是因为她是一言未发的那个。言多必失，始终话少的还是好的。

《迟疑·电视·自画像》

连去大藏寺我都带着,就为了在那样连手机信号都没有的地方只能看书,怎么着也能看完吧。but 没有。两个月,天天看啊,刚看完。

这本书是失眠症患者的福音。五页之内,不管之前多么精神,必能睡着。第二天还想不起来头天看的是什么内容。

如果那种画照片的"超级现实主义"画家搞写作,应该就写成这样吧。不是说他们还把照片投影在画布上画吗?有时候图森先生也照着照片写作,所以才会那么细节和繁复——光凭人脑肯定是记不住的。

如果扫描仪和照相机会写作,写的一定就是

这种"极少主义小说"。

反正我不太喜欢。

有人说很少有人会这样坚持看自己不喜欢的小说。对,我就是"很少有人"。

世界上最怕"较劲"二字。

《东京昆虫物语》

薄薄一本小册子,四色,很可爱。可惜虫子的名字都译成学名,所以不大清楚到底是什么。

为什么只童年记忆里有昆虫呢?岁数一大,只人盯人了,眼里没虫儿了。

我小时候最喜欢萤火虫。这书里没有。可惜好多年没见过了,当年还是很容易找到的。不是还抓一兜子看书玩吗?

在防空洞里看电影的时候,男生不知道用什么方法把小纸团处理一下扔到空中,黑暗中就一小团亮光,像极了萤火虫。似乎是用汗浸的?

我念的那个小学在一座小山边,半个月前我还想那山叫什么来着,结果看到关于白宝山的报道,说他在他家后边的红光山上给他女人挖好一个尸坑……对,红光山。

因为守着红光山,同学可以找到很多小昆虫、小动物做标本,印象最深有黄鼠狼,他们把冬眠的黄鼠狼放进我书包里。然后一打开铅笔盒,里面有一条冬眠的蛇……我从小人缘就不太好。还好那蛇是土黄色的,应该没毒。有次在田埂上回头看到一条黑色细蛇,身上有艳丽条纹,知道有毒,尖叫着拐着弯跑走,因为听说它只会走直线。从小就能做到临危不乱。

三乐希望儿子有这样的童年,所以买了好些小虫子给他养着。她家的蛐蛐一听到窗外的蛐蛐叫就会应和,并且声音很大。每当在电梯里听到邻居议论"这小区蛐蛐声儿也太大了"的时候,就会装聋作哑。

《甘露》

最近看书真是很慢。

不过这种细腻的书也确是要慢慢地看,不然就会漏过那些对转瞬即逝的细微感受的描写。比如当面对一个陌生人,心里有想要接近的冲动时,就由依恋感想到朋友想到"孩子时就与陌生人一起被关在同一个教室里,并被迫从那里、从那些人中间找到合得来的朋友。如果那就是命运,就是交朋友,那是一件让人感到多么痛苦的事呀。成人以后就自由了,朋友可以用自己的眼睛和耳朵在大街上找,却依然没有抛弃关在箱子里时养成的习性"。然后她说:"我们交个朋友吧。"

大约半年前,曾在某次聊天时说起为什么会

在某些时刻突然想起某人或某事,那样的情况就像聊天中的片刻沉默后突然的转换话题——为什么就会转到那里去了呢?于是就决定每次发生的时候要追根溯源,因为不相信无缘无故就转换了,一定有蛛丝马迹的过渡。这是一个有趣的游戏。比如,可能就是突然有人走过,留下一阵香水味,而这香水味正是某人常用的,就想到某人在做甚,听说最近和某个人来往密切,而那个人在做甚,然后就聊起这个人。

其实一切的根本不过就是留意吧。留意了,去想了,再好意思或有耐心写下来,就很可能是可读的有趣的文字了。

吉本芭娜娜的笔触令人感到熟悉。

《门萨的娼妓》

本来一看这书这么厚我就退却了,怕看不动。后来想我着什么急啊?慢慢也就看完了。

很逗。知识分子逗法。肚脐以上的刻薄,不三俗。

但我就不明白为什么要管准确地陈述事实叫刻薄?有些人就是只能嘲笑别人,一到自己这儿笑点就特别庄严。只能他陈述别人的事实,别人一点出他的事实,就变成不怀好意——为什么不能欣赏别人的准确?就许你显得聪明?别人都得忍着?

忘了是从哪部电影起,我坚持认为周星驰是从伍迪·艾伦那里偷师。小人物的絮叨和神经质——小知识分子的絮叨和神经质，非常近似。

　　最大的发现是，李碧华的《凤诱》和伍迪·艾伦的《库格麦斯插曲》惊人相似。都是男主人公用某种方法回到过去，和著名文艺作品中的人物勾搭上，再带回现代都市，旧时来人对当下光怪陆离的生活依依不舍，可最终还是要回到从前继续广大读者们了然的命运。《库格麦斯插曲》收录于伍迪·艾伦1980年出版的《副作用》，在前。

《癫狂的艺术：中国精神病人艺术报告》

记述了艺术家郭海平2006年在南京某精神病院驻院几月的过程，他和他的朋友们摸索着教病人绘画和陶塑，以探寻他们的内心世界，通过艺术活动进行自我精神治疗的可能性。

书中选录的精神病人作品充满想象力。每一个病人的作品前都附有专业的病历报告，写得也不是说滑稽，但用严肃淡漠的口气描述失控的行为，有点儿黑色。还有错别字，原汁原味。

很难明确地指认他们为什么会画出那些东西，因为有些病人表达有问题或不愿意说明或真的自己也说不明，只能由艺术家和医生来分析。一个农村来的病人，也许是因为长年干农活，所以对机器有一种狂热的崇拜。但他所画的机器，全部是俯视角度，但显然有很多机器他是没可能从高处看到的。

另一个病人画的全是类似毛线的横条纹，每一行的颜色搭配都非常漂亮。完全可以趁着今年的油画牛市卖出高价。最牛逼的一个病人，画风类似蒙克（蒙克也是精神分裂），用色刺激得观看的病友直揉眼睛——艺！术！家！

病人自己说，这是"工疗"——真懂。

长期的服药，令他们的精神状况有明显的抑郁到亢奋过程，画出的东西也从模糊的铅笔画跳跃到大红大绿。

郭海平自己在院期间没有间断创作，惊人的是，相对于病人大胆的用色，他自己的画却是灰白黑，极度压抑。看书的时候我丈夫探过头来，对郭海平一幅类似一片蛔虫的油画说："这精神病人画得真好。"

书里还有郭海平的日记，细腻而悲悯，我看得非常感动：

对于自己突然喜欢起黑暗的这种心理变化，我感到疑惑，我想，人刚降临于人世间的时候应该是不会畏惧黑暗的，后来，一定是我们的文化教育使黑暗渐渐成了一种恐惧的对象，正如我们的祖先就不曾畏惧过疾病和死亡，他们认为人的生、老、病、死都是天意，是一种自然现象，所以也就无所畏惧。今天，"黑暗"在灯光的普照中已不再是一种视觉自然现象，它已渐渐成为一种文化的象征。我之所以渐渐从对黑暗的畏惧感中脱离出来，这也许是因为我们通常所接受的文化教育在这样一个精神病院中都将会失去它通常的作用。

在这个医院里，我感受到的是人的生存底线，这里没有审美也没有谎言，有的就是每一个病人的基本权益和非常有限的自由。其实，近二十年来，我一直过的是黑白颠倒的日子，我喜欢深夜。现在看来，我对深夜又多了一分认识，它不仅让我感受到自己的潜意识，同时它让人的目光更明亮，听觉更敏感。相反，对于那些终日生活在白日里的人而言，他们过的一定又是另一种生活。

全书中英文对照。

其实最触动我的是一个患有精神发育迟滞的小女孩儿画的"天书"，都像是字，但又只是些笔画。之所以受到触动，是因为在我的梦中，常常会出现类似的文字。

我常常觉得，梦中的我们都会做出匪夷所思的失控行为，那么精神病人的举动，岂不就像白日的梦？白日比黑夜多出什么？不过是控制。我们和他们真有本质的区别吗？一旦极度疲惫或极度亢奋，丢弃那些所谓的理智和道德法规，我会不会把自己心底压抑很久的特别想做的事情无所顾忌地做出来？比如我看芙蓉姐姐，就不觉得她可笑，而是像看到一个失控的我。

我不会跳舞,但在梦里却总会尽情地不顾嘲笑目光地跳舞,而且我根本意识不到嘲笑,只感受到彻底释放的狂喜。

一种内心世界

知道他叫唐猛之前,我在街上见过几次。一般都是黄昏,他去街口的报摊买晚报。也见过他买米买面。

我以前见过唐氏综合征患者,不了解,但知道他们温和,没有伤害性。没想到还能自己出门购物。

高二和他妹妹同班,才正式认识了这白白胖胖的家伙。他肯定不认识我,因为当年去他家次数不算少,但几乎每次交谈,他都要先问"你是我妹妹的同学"?然后郑重而骄傲地自我介绍:"我是她哥哥。"

我也就听说了些唐氏综合征的知识,比如他

们其实有小孩子的智商,所以家人才能让他独自出门,也是对人的善良有信心。妹妹说本来家里是没准备要她的,但哥哥有缺陷,就又生了她来保护他。可以想见小时候吃的苦。

和唐猛聊天,其实都是他说,我听。有时候听不太清楚,就观察。印象最深的细节:虽然住的楼房,但每进出房间,他都小心地做出迈门槛的动作。还老捧着一个收音机,爱听京戏,听得摇头晃脑,有时候还摆开架势唱几嗓子。妹妹因为哥哥,受过不少欺负吧,性格有点儿乖戾,一次不知道为什么不理人,唐猛能看出来,还解释:"我妹妹不太高兴。一会儿就好了。"他有自己的世界,只是和我们的形状不同。我曾觉得他像一个知道自己稍喝得有点儿多的人,尽力控制姿态和言行。

后来我看了《癫狂的艺术:中国精神病人艺术报告》(郭海平,王玉),记述了艺术家郭海平 2006 年在南京某精神病院驻院几月的过程,他和朋友们摸索着教病人绘画和陶塑,以探寻他们的内心世界，通过艺术活动进行自我精神治疗的可能性。我被那些充满怪异想象力的作品强烈地震撼，尤其是其中有些作品竟然像梦中的自己画出来的。那真的是另一个世界吗？还是与这个世界平行而我们并不自知的时空，在那里，我们是谁，在做什么？

看到唐猛的钢笔画，就又想起这本书，特意找出来看。有些有共性，比如重复，重叠，不留白的充溢，独特的是大量的阿拉伯数字的逼仄堆积。妹妹说过，唐猛上到五年级，后来被学校请退了。那些数字是不是他对从前努力融入的世界的记忆回放呢？我也不知道，乱想的。但这种想有意思，因为画有意味。

其实人与人之间，只在于你想不想去了解。想了解的是那些有意思的人，让人有思考和想象余地的。不能说风格就是天才，但了解从前未知的世界，也是一种丰富和拥有。

这个家庭的妈妈，是我见过那一代人中最快乐明朗的，也因此给了唐猛接触社会的机会。唐猛有张快乐的、容易满足的脸，他能上学，能参加残奥会的预选赛，能在街头独行，不负期望地完成任务，现在，能用画与更多人交流，这都来自这位伟大的乐观的母亲。我很怀念她。

《意大利童话》

如果这叫童话,不要给小孩儿看。这不是教人好逸恶劳嘛。所谓幸福就是莫名其妙有一宫殿,里面堆满了宝石金子和吃的,鸟兽们都会帮你干活,或指引找到不是王子就是公主的伴侣,要么就一梳头从头发里往下掉钻石……我丈夫说是翻译值得商榷,不应叫"童话",而是"民间故事"。也是,呣们中国的民间故事也大多是得着宝物,从此衣食无忧,比如《八百鞭子》《神笔马良》,反正得会魔法。中外穷小子勾搭女的的方法也都差不多,都是看人洗澡然后把衣服抱走,甚至烧了,人家不得不和丫在凡间过日子——都一师傅教的吧?据说中国这些故事和某八百竿子打不着的偏远小国的故事连细节都分毫不差。这位师傅是谁？上帝还是玉皇大帝？要不说"懒"还真是人类通病。

小学课本里有一篇叫《乌鸦喝水》吧好像，说聪明的乌鸦为了喝到细瓶子里的水，往里叼了很多石头，水泛上来，就喝到了。老师让我们到讲台上用自己的话再讲一遍，我就冲了上去。我说，乌鸦渴了，想喝水，看下面有个幼儿园，就飞到那儿，让小朋友给它水喝，小朋友就给它了。然后老师就把我轰下去了……我主要不是为了讲，是为了站到讲台上。

《天方夜谭》

看完《意大利童话》,我准备把家里所有的童话都看一遍。

《天方夜谭》看完,更觉得童话真够能掰的。

就记住两点:

一、他们觉得特别好的事就是吃好多山珍海味,然后,上好多好多水果,然后洗手。

二、他们颓了以后,就抽自己的脸,男的揪自己的胡须,然后再往自己头上撒土。

刘思伽的《闲着》

小时候天天听小说联播,对当时的播音员如数家珍:曹灿、关山、王刚,还有播评书的刘兰芳、袁阔成、单田芳。好多文学作品最初都是听来的,光凭听的就能倾心男主,比如蒋子龙《赤橙黄绿青蓝紫》里的刘思佳。

小说大红,迅速拍成电视剧了,刘思佳是陈宝国演的,我天儿,陈宝国老师年轻时候,那简直让人语无伦次,就是恨自己不是女主角的"赶脚"。那时候我还上小学呢。

所以知道北京电台有个叫刘思伽的女主持人后,第一反应就是:嗯?她爸妈喜欢《赤橙黄绿青蓝紫》吗?

这名字马上就记住了，且记住以后就老听见。我那会儿开车还听"一路畅通"，几对儿主持人里，只有听刘思伽、罗兵我不换台。

水平高不高，一听就知道。刘思伽嘴损的啊，得亏罗兵托着，一捧一逗，相得益彰。

刻薄是种准确。就是因为说准了，才让被说的觉得不适意。有一次秋天吧，堵车堵得惨绝人寰，刘思伽报路况，说这个西直门堵得简直了，这设计，基本上是北京的新"鬼见愁"，以后种点儿枫树、黄栌，就那儿看红叶吧。给我逗得猛拍方向盘。后来刘思伽就消失了，不知道是不是太准确了。

后来见过一个和北京台有合作的广告方，说台里主持人都熟，我说我很仰慕刘思伽，"赶脚"水平高，性格强，又正直，估计跟我一样不容易招人待见。他眼神闪烁半天，没吭声。不知道是不是嫌我太能吹。

有微博以后，不知道怎么就和刘思伽互关了，看她平时说话，确实是我喜欢的。利落明朗，又比从前柔和好多,这个变化因为也在自己身上发生着,觉得更是能明白她。

后来《丫头儿》出版,居然是刘思伽、罗兵播的。我觉得这就是冥冥之中的天意,终于自己的作品也在话匣子里播了,还是自己喜欢的主持人,真好。

刘思伽出书了,《闲着》,我认认真真拜读了,看出了不一样。人家正经好学生,学霸,一路重点学校来的。行文能看出来,显著的"好学生+好主持人"风格,细节特别丰富,赋比兴十分充足,有一种放眼望去阳光普照的感觉。记性怎么那么好呢?五月的槐花,春游的面包,脖子上的钥匙,小伙伴的私语。班长吧?

可能是我看得少,这种饱满的文体还真是自成一格。想想也对,主持人就应该是这样,周到,面面俱到,不能让面前的麦克风冷场,要用语言搭建出足够的想象空间,所以看《闲着》这本书,有种强烈的身临其境感。主持人不容易。

这本书虽然叫《闲着》,英文名却是 *Busy*

With Fun，由此可见，闲和闲不一样，她的闲是有条理的闲，忙中偷的那个闲。

她写"作为媒体人，高兴时要说，不高兴也得说，或许还需要更加兴高采烈"，语言表达出来的并不一定是真正的情绪，所以每天她用口红表达。要是涂了绛红，就请各位别开口，要是鲜红色的，就是满血复活，甚至愿意请你喝一杯的意思。

不如，思伽同学，咱就血红着约一面，在新"鬼见愁"怎么样？

《银元时代生活史》

最早是狼师傅推荐陈存仁,说写旧上海事,野史,有意思。近来在文艺或口占"你才文艺你全家都文艺"之中青年中走红。

陈擅结交名流权贵,但姿态并不恶心人。所以书中多是名人逸事,"我在现场",写来又一派落落大方,谦恭之外,并不刻意巴结,自重。他在书中几度提到老师的教训:交朋友要交比你强的人,而娶妻就一定要娶不如你的。也一直这样实践,在处理感情问题上,才能以短痛换下长痛的少年情怀,理智择门当户对的妻过风平浪静的日子,是极现实的一个人。

他从来也不讳言对金钱的重视,但并非一味

钻钱眼儿里。从青年起,即不吝金钱收集珍贵药书,整理药学辞典以荫后人,在稿费上吃亏也就算了。该谈钱谈钱,该做事做事,虽现实,但是老实的现实,人又勤奋,待人接物妥帖稳当极了,也难怪名流权贵总会对他刮目相看并信任有加。

书中很多观点,比如对借钱的态度,直率也通透:

>……如果真正值得帮忙的亲友,花了钱,就要下定决心,不希望他归还;把到期不还当作意中事,如果到期来还,反而要视为意外。二、有许多亲戚,或是尊长、师友,本来是有恩于我,或者真正的有为人士,就是缺乏学费,或缺乏经营资本,应该爽爽快快予以援手,但是这种钱拿出去时,该要说明这不是贷款,而是赠予;换句话说,不希望来还,要是抱定施恩不望报,那么心中最是安乐,而永无烦恼。三、对于若干青年人,如果有时来向你开口借钱,你应该直接爽快,

严词拒绝。借一分钱给他，就是害他一分，养成他借钱的习惯，断送他一生。所以借给他等于害了他，这是千万做不得的。至于有嗜好的人，更是借不得，即使伤及感情，也无所谓。因为这种人，一借之后，会得再借三借，缠绕不休，总要弄到大伤感情而后已。那不如抱定宗旨，决不能开端，要他死了这条心。虽说，在这人第一次开口借钱时，就要伤感情，多气恼，三次五次之后还是要闹翻的，事实上，只要本人无愧于心，借钱的人，可能口出恶言，你以静制动，可以付之一笑就没有事了。

这些道理，都是那些年长之人告诉，可见有人生经验丰富的朋友指点两句，就能够获益终生。而对于家境平常的普通朋友，他也并不回避嫌弃，做人还是很坦荡的。与同业陆渊雷官司后，仍能做回朋友，后陆为陈所编《伤寒手册》作序，文字颇堪玩味：

……陈君比我年少十余岁，而医术比我高明得多，业务蒸蒸日上。我则磨刀背二十余年，青毡未脱，措大依然。陈君所交游，皆一时贤豪长者。我则拙且嫩，不善交际。故二人虽同业同地，若论交情，用得着太史公掉的两句文，叫作"未尝衔杯酒，接殷勤之余欢"。去年陈君不弃鄙陋，折节下交，因得时与宴谈之合，接清芬而上下议论。果然见面胜于闻名，我始知陈君奇才卓然，其成名通显，非幸致也……

从佛法言，过去生中善业的结果，有福德智慧两途。福德是布施的果，智慧是持戒禅定的果。然欲传布智慧，仍须福德为凭藉。观于陈君与我，益见佛法之真实不虚。我自己说得不客气一点，稍有些智慧而已。陈君则厚福人也，他书中所论荦荦大端，皆我昔年大声疾呼，欲以一得贡献同道者。不意因此招来诽谤，蒙离经叛道之罪名。现在陈君轻轻松松地说出,读者也轻轻松松地欢喜信受,曾无疑沮。如果不是陈君的厚福胜我,对于我两人发出同样的见解而获得绝端相反的反响,怕没有理由可以说明了。陈君既有福德,我万望其信解因果佛法,进而求究竟解脱之道。此我所以报陈君下交之意者,以视仅仅为手册校阅作序,其轻重似非算数譬喻所能及矣。

此文读毕,莞尔再三。

雄鸡缄默不言,太阳照常升起

从前的电台主持人,尤其优秀的直播互动型主持人,要言之有物,还不哗众取宠,还得能控场,在不越界不超时的情况下,尽量给人启发。

我去王东在"网易云音乐"的播客"后文艺生活"(原来叫"音乐三人行")聊三年了,深感王东涉猎之广,时常会觉得跟不上趟儿。(节目里我大段沉默的时候,多是因为没听说过插不上嘴而拿小本本记呢。)很感谢王东喊我去做这个节目,使我不好意思不进步,偶尔也能空里抽空看点儿书和片子。人家长期电台直播,绝不迟到是铁律,所以形成了极强的自律和不断学习汲取的习惯。

刘思伽是另一个我喜欢的电台主持人，反应极快，一针见血，她又出了随笔集《若非此刻，更待何时》。本来书是放在沙发的边几上，丫唐坐那儿喝茶的时候先翻起来，没几页就"咦"了一声，确认是刘思伽的书后，说："她变化好大，这是 New Age（新纪元）了吗？还是学了……瑜伽？"

敏锐啊这位"盆友"。果然思伽这些年跟随一位来自印度的瑜伽科学老师学习，观点和方式跟 New Age 有相似或重叠——对主流的、世俗的观念保持相当距离地审视。我一直坚信，每个人有自己的方法到达彼岸，看个人的际遇带来什么样的缘分。可以是信仰，可以是瑜伽，可以是科学，可以是千奇百怪的各种东西。瑜伽就是思伽的方法吧。

提到 New Age，或者东方灵性，有人说是超脱、平和，也不尽然，出世的角度解析的终归是入世的事。现在的思伽确实更温和，但底色依然冷峻。不迎面痛击，改直接扎心了。比如她看到四十岁的人规划未来十年、二十年的财富方向、人生计划时想，说不定三年后就会有什么意外哈哈哈……不是毒舌的意思，她是说，我们总会觉得人生无限长，自己肯定长寿，以此来做高瞻远瞩的规划，但其实生活往往有出乎意料的安排。"英文中的'现在'和'礼物'是同一个词present，所以，'present is a present.' 现在就是一份礼物。"人生无常，更要沉浸于当下，体会当下的温度，仔细把当下的日子咂摸成渣。

有一刹想起已经离世两年的大仙，从没有智能手机的时候，他的开机画面就是四个大字"人生如梦"。小时候我听过一首歌《梦》，印象深刻，是六十年代电影《不了情》的插曲，原唱顾媚。那时候不讲求版权，谁都能抓过来唱，我最初听到的不知是谁的一把俗辣的嗓子，唱得十分快活："你说人生如梦，我说梦如人生，短短的一刹，你快乐你兴奋，匆匆的一场，你悲哀你苦闷……当你从梦中醒觉，你已走完人生。"后来张国荣在1997年的演唱会上也翻唱过，舞步摩登怀旧，他说是对创作者们的 salute（致敬）。刚查到的最后这一句歌词，不知是不是因为看过梭罗说的话，"直到死亡降临，我们才如梦初醒"。

这是一本心灵成长的书，更强调自然和接受，不给自己任何压力与标签。当人生高光，她提醒你这只是上天的恩典，而非理所当然的常态。当身处起起落落落落，她安慰"雄鸡一唱天下白"本说的是共时性，大家的传扬却给雄鸡造成了巨大的误解和压力。"其实，雄鸡缄默不语，太阳照常升起。有时事件的解决并非源于我们的努力，而是它自己的规律。"

我不喜欢管这些话叫"心灵鸡汤"，因为市面上那些心灵鸡汤太补，更像是一种精准投喂，作者过的脑子更多在如何讨人喜欢上，思伽的话却总带血丝。解答情感问题时，她很少站队某一方，而是双方一块儿批评。她答男性中年危机的疑："两个原来就不是因为彼此相爱而在一起的人，在濒临分手的时候，忽然想起了爱。或者说，男主在将近二十年的婚姻生活中渐渐发现，他需要爱，婚姻也需要爱。"让我翻译得粗俗点儿就是：以衡量对方条件而在一起的婚姻，中年后分崩离析不是活特么该吗？

题外话，思伽因为研习瑜伽开启的视野，更让我觉得人的命运跟名字就是有微妙关系。因为名字里有某个字，从小有意无意就会更多关注到和这个字有关系的事物，渐渐走向名字所指引的道路。所以父母给孩子起名真的要慎重，别跟着时代的流行瞎起，流行啥就叫啥，从根儿上就让孩子从众。当然我们都是"众"，但能在泯然众人的过程中，有独属自己的小小路径和体会，也算是一种最简单却能有效的课外培训吧。

图书在版编目（CIP）数据

闲的 / 赵赵著. -- 武汉：长江文艺出版社，2025.
3. -- ISBN 978-7-5702-3854-5

Ⅰ. I267.1

中国国家版本馆 CIP 数据核字第 2024UU6203 号

闲的
XIAN DE

赵赵 著

选题产品策划生产机构	北京长江新世纪文化传媒有限公司				
总 策 划	金丽红 黎 波				
责任编辑	张 维	装帧设计	郭 璐	责任印制	张志杰 王会利
助理编辑	武 斐	内文制作	张景莹	插 画	王海涛
法律顾问	梁 飞	媒体运营	刘 冲 刘 峥 洪振宇		
版权代理	何 红				
总 发 行	北京长江新世纪文化传媒有限公司				
电 话	010-58678881		传 真	010-58677346	
地 址	北京市朝阳区曙光西里甲 6 号时间国际大厦 A 座 1905 室			邮 编	100028
出 版	长江出版传媒 长江文艺出版社				
地 址	湖北省武汉市雄楚大街 268 号湖北出版文化城 B 座 9-11 楼			邮 编	430070
印 刷	天津盛辉印刷有限公司				
开 本	11.0 cm×16.0 cm 1/32		印 张	8.25	
版 次	2025 年 3 月第 1 版		印 次	2025 年 3 月第 1 次印刷	
字 数	111 千字				
定 价	58.00 元				

盗版必究（举报电话：010-58678881）

（图书如出现印装质量问题，请与选题产品策划生产机构联系调换）